小说家的散文

韩少功 著

为语言招魂
——韩少功序跋选编

河南文艺出版社
·郑州·

作者简介

　　韩少功，作家，1953年出生于湖南省。曾任海南省作家协会主席、海南省文联主席。主要作品有短篇小说《西望茅草地》《归去来》等，中篇小说《爸爸爸》《鞋癖》等，长篇小说《马桥词典》《日夜书》等，散文《世界》《完美的假定》等，长篇散文《山南水北》。另有译作《生命中不能承受之轻》《惶然录》等。曾获全国优秀短篇小说奖、鲁迅文学奖、华语文学传媒大奖"杰出作家"、美国纽曼华语文学奖等多种奖项，有30多种作品外文译本在海外出版。

目录

序跋之二

序跋之一

米兰·昆德拉之轻

一

文学界这些年曾有很多"热"，后来不知从什么时候什么地方开始，又有了隐隐的东欧热。一次，一位大牌作家非常严肃地问我和几位朋友，你们为什么不关心一下东欧？东欧人的诺贝尔奖比拉美拿得多，这说明什么问题？

这位作家担心青年人视野褊狭，当然是好意。不过，当我打听东欧有哪些值得注意的作品，出乎意料的是，他与我们一样，也未读过任何一部东欧当代小说，甚至连东欧作家的姓名也举不出一二。既如此，凭什么严肃质问？还居然"为什么"起来？

有些谈话总是使人为难。一见面，比试着亮学问，甚至是新闻化的学问,好像打扑克,一把把牌甩出来都威猛骇人,语不惊人死不休,人人都显得手里决无方片三之类臭牌,非把对方压下一头不可。这种无谓的挑战和征服,在一些文人圈里并不少见。

有服装热、家具热,当然也会有某种文学热。"热"未见得都是坏事。但我希望东欧文学热早日不再成为沙龙空谈。

二

东欧文学对中国读者来说不算太陌生。鲁迅和周作人译述的《域外小说集》早就介绍过一些东欧作家,给了他们不低的地位。裴多菲、显克微支、密茨凯维支等东欧作家,也早已进入了中国的书架。1984年获得诺贝尔文学奖的捷克诗人塞浮特(Jaros-lav Seifert),其部分诗作已经或正在译为中文。

卡夫卡大概不算东欧作家。但人们没有忘记他的出生地在捷克布拉格的犹太区。

东欧位于西欧与苏联之间,是连接两大文化的接合部。那里的作家东望十月革命的故乡彼得堡,西眺现代艺术的大本营巴黎,经受激烈而复杂的双向文化冲击。同中国人一样,他们也经历了社会主义发展的曲折道路,面临今后历史走向的严峻选择。那么,同样处在文化震荡和改革热潮中的中国读者,有理由忽视东欧文学吗?

我们对东欧文学毕竟介绍得不太多。个中缘由,东欧语言大多是小语种,有关专家缺乏,译介并非易事。再加上有些人不乏"大国崇拜"和"富国崇拜"的短见,总以为时装与文学比翼,金钞并小说齐飞。

北美读者盛赞南美文学;而伯尔(Heinrich Böll)死后,国际文学界普遍认为东德的戏剧小说都强过西德。可见时装、金钞与文学并不是绝对相关的。

三

米兰·昆德拉(Milan Kundera)的名字我曾有所耳闻,直到去年在北京,身为作家的美国驻华大使夫人才送给我一本《生命中不能承受之轻》(*The Unbearable Lightness of Being*)。访美期间,正是这本书在欧美热销的时候。《新闻周刊》载文认为:"昆德拉把哲理小说提高到了梦态抒情和感情浓烈的新水平。"《华盛顿邮报》载文认为:"昆德拉是欧美最杰出和始终最为有趣的小说家之一。"《华盛顿时报》载文认为:"《生命中不能承受之轻》是 20 世纪最伟大的小说之一,昆德拉借此奠定了他世界上最伟大的在世作家的地位。"此外,《纽约客》《纽约时报》等权威性报刊也连篇累牍地发表书评给予激赏。有位美国学者甚至对我感叹:美国近年来没有什么好东西,将来文学的曙光可能出现在南美、东欧,还有非洲和中国。

自现代主义兴起,世界范围内的文学四分五裂,没有主潮成为主潮。而昆德拉这部小说几乎获得了来自各个方面的好评,自然不是一例多见的现象。一位来自弱小民族的作家,是什么使欧美这些书评家和读者如此兴奋?

四

我们得先了解一下昆德拉其人。他 1929 年生于捷克,青年时期当过工人、爵士乐手,最后致力于文学与电影。在布拉格艺术学院当教授期间,他带领学生倡导了捷克的电影新潮。1968 年苏联坦克占领了布拉格之后,曾经是共产党员的昆德拉,终于遭到了作品被查禁的厄运。1975 年他移居法国,由于文学声誉日增,后来被法国总统特授公民权。他多次获得各种国际文学奖,主要作品有:短篇小说集《可笑的爱》(1968 年以前),长篇小说《笑话》(1968 年),《生活在他方》(1973 年),《欢送会》(1976 年),《笑忘录》(1976 年),《生命中不能承受之轻》(1984 年),等等。

他移居法国后的小说,多是以法文译本首先面世的,作品已被译成二十多国文字。显然,如果这二十多国文字中不包括中文,那么对于中国的读者和研究者来说,不能不说是一种遗憾的缺失。

五

1968年8月,苏联军队在"保卫社会主义"的旗号下,以"主权有限论"为理由,采用突然袭击的方式,一夜之间攻占了布拉格,扣押了捷克党政领导人。这一事件像后来发生在阿富汗的事件一样,一直遭到国际社会普遍谴责。不仅仅是民族国家主权遭到践踏,当人民的鲜血凝固在革命的枪尖,整个东西方社会主义运动就不能不蒙上一层浓密阴影。告密,逮捕,大批判,强制游行,农村大集中,知识分子下放劳动,等等,出现在昆德拉小说中的画面,都能令中国人感慨万千地回想起过往的艰难岁月。

昆德拉笔下的人物面对这一切,能做出什么样的选择?我们可以不同意他们放弃对于社会主义的信念,不同意他们对革命和罪恶不作区分或区分得不够,但我们不能不敬重他们面对迫害的勇敢和正直,不能不深思他们对社会现实的敏锐批判,还有他们有时难以避免的虚弱和消沉。

今天,不论是中国还是苏联,社会主义国家内的改革,正是孕生于对昨天种种的反思之中,包括一切温和和愤激的、理智和情绪的、深刻和肤浅的批判。

历史伤口不应回避,也没法回避。

六

　　中国作家们刚写过不少政治化的"伤痕文学"。因思想的贫困和审美的粗糙,这些作品的大多数哪怕摆在今天的书架上,也早已黯然失色。

　　昆德拉也写政治和社会,但如果以为他也只是一位"伤痕"作家,只是大冒虚火地发作政治情绪,揭露入侵者和专制者的罪恶,那当然误解了他——事实上,西方有反苏癖的某些评论家也是乐于并长于这种误解的。对于他来说,伤痕并不是特别重要,入侵事件充其量是个虚淡的背景。在背景中凸现出来的是人,是对人性中一切隐秘层面的无情剖示。在他那里,迫害者与被迫害者同样晃动灰色发浪并用长长的食指威胁听众,美国参议员和布拉格检阅台上的共产党官员同样露出媚俗的微笑,欧美上流明星进军柬埔寨与效忠苏联入侵当局的强制游行同样是闹剧一场。这才是昆德拉。作者以怀疑目光对东西方人世百态一一扫描,于是,他让萨宾娜冲着德国反共青年们愤怒地喊出:"我不是反对共产主义,我是反对媚俗(Kitsch)!"

　　什么是媚俗?昆德拉后来在多次演讲中都引用了这个源于德语词的 Kitsch,指出这是以作态取悦大众的行为,是人类心灵的普遍弱点,是一种文明病。他甚至指出艺术中的现代主义在眼下几乎也变成了一种新的时髦,新的 Kitsch。

困难在于,媚俗是敌手也是我们自己。昆德拉同样借萨宾娜的思索表达了他的看法,只要有公众存在,只要留心公众存在,就免不了媚俗。不管我们承认与否,媚俗是人类境况的一个组成部分,很少有人能从中逃脱。

这样,昆德拉由政治走向了哲学,由捷克走向了人类,由现时走向了永恒,面对一个超政治、超时空而又无法最终消灭的敌人,面对像玫瑰花一样开放的癌细胞,像百合花一样升起的抽水马桶。这种沉重的抗击在有所着落的同时就无所着落,变成了不能承受之轻。

也许这种茫然过于尼采(Friedrich Nietzsche)化了一些。作为小说的主题之一,既然尼采的“永劫回归”(eternal return。或译:永远轮回)为不可能,那么民族历史和个人生命一样,都只具有一次性,是永远不会成为图画的草图,永远不会成为演出的初排。我们没有被赋予第二次、第三次……生命来比较所有选择的好坏优劣,来比较捷克民族历史上的谨慎或勇敢,来比较托马斯生命中的屈从和反叛,来决定当初是否别样更好。那么选择还有什么意义? 上帝和大粪还有什么区别? 所有“沉重艰难的决心”(贝多芬音乐主题)不都轻似鸿毛、轻若尘埃吗?

这种观念使我们很容易想起中国古代哲学中的“因是因非”和“不起分别”。这本小说英文版中常用的 indifferent(或译:无差

9

别,无所谓)一词,也多少切近这种虚无意识。但是,也许需要指出,捷克人民仍在选择,昆德拉也仍在选择,包括他写不写这本小说,说不说这些话,仍是一种确定无疑的非此即彼,并不是那么仙风道骨 indifferent 的。

这是一种常见的自相缠绕和自我矛盾。

反对媚俗而又无法根除媚俗,无法选择的历史又正在被确定地选择。这是废话白说还是大辩难言?昆德拉像并不多见的某些作家那样,以小说作不说之说,哑默中含有严酷真理,雄辩中伏有美丽谎言,困惑目光触及一个个辩证的难题,两疑的悖论,关于记忆和忘却,关于入俗和出俗,关于自由和责任,关于性欲和情爱……他像笔下的那个书生弗兰茨,在欧洲大进军中茫然无措地停下步来,变成了一个失去空间向度的小小圆点。

七

在捷克文学传统中,诗歌和散文的成就比小说更为显著。不难看出,昆德拉继承发展了散文笔法,似乎也化用了罗兰·巴特(Roland Barthes)的"片段体",把小说写得又像散文又像理论随笔,数码所分开的章节都十分短小,大多在几百字和两千字之间。整部小说像小品连缀,举重若轻,避繁就简,信手拈来一些寻常小事,轻巧勾画出东西方社会的形形色色,折射出从捷克到柬埔寨的宽广历史背景。

他并不着力于(或许是并不擅长)传统的实写白描,至少我们在英译本中未看到那种在情节构设、对话个性化、场景气氛铺染等方面的深厚功底和良苦心机,而这些是不少中国作家经常表现出来的。用轻捷线条捕捉凝重的感受,用轻松文体开掘沉重的主题,也许这形成了昆德拉小说中又一组轻与重的对比,契合了爱森斯坦(Sergei Eisenstein)电影理论中内容与形式必须对立冲突的"张力(tension。或译:紧张)说"。

如果我们没忘记昆德拉曾涉足电影,又没忘记他爵士乐手的经历,那么也不难理解他的小说结构手法。与时下某些小说的信马由缰、驳杂无序相反,昆德拉采用了十分特别而又严谨的结构,类似音乐中的四重奏。有评论家已指出:书中四个主要人物可视为四种乐器——托马斯(第一小提琴),特丽莎(第二小提琴),萨宾娜(中提琴),弗兰茨(大提琴)——它们互相呼应,互为衬托。托马斯夫妇之死在第三章已简约提到,但在后面几章里又由次要主题发挥为主要旋律。托马斯的窗前凝视和萨宾娜的圆顶礼帽,则成为基本动机在小说中一再出现和变奏。作者似乎不太着重题外闲笔,很多情境细节,很多动词形容词,在出现之后都随着小说的推进而得到小心的转接和照应,很少一次性消费。这种不断回旋的"永劫回归"形式,与作品内容中对"永劫回归"的否决,似乎又形成了对抗;这种逻辑性、必然性极强的章法句法,与小说中

11

偶然性、随机性极强的人生经验,似乎又构成了一种内容与形式的"张力"。

文学之妙似乎常在于张力,在于两柱之间的琴弦,两极之间的电火。有人物与人物之间的张力,有主题与主题之间的张力,有情绪与情绪之间的张力,有词与词或句与句之间的张力。爱森斯坦的张力意指内容与形式之间,这大概并不是像某些人理解的那样要求形式脱离内容,恰恰相反,形式是紧密切合内容的——不过这种内容是一种本身充满内在冲突的内容。

至少在很多情况下是这样。比如昆德拉,他不过是使自己的自相缠绕和自相矛盾,由内容渗入了形式。

而形式化了的内容大概才可称为艺术。

八

有一次,批评家李庆西与我谈起小说与理念的问题。他认为"文以载道"并不错,但小说的理念有几种,一是就事论事的形而下,一是涵盖宽广的形而上;从另一角度看去也有几种,一种事关时政,一种事关人生。他认为事关人生的哲学与文学血缘亲近,进入文学一般并不会给读者理念化的感觉,海明威的《老人与海》和卡夫卡的《变形记》即为例证。只有在人生问题之外去博学和深思,才是五官科里治脚气,造成理论与文学的功能混淆。这确实是一个有意思的观点。

尽管如此,我对小说中过多的理念因素仍有顽固的怀疑。且不说某些错误的理论,即便是最精彩的论说,即便是令读者阅读时击节叫绝的论说,它的直露性总是带来某种局限,放在文学里,与血肉浑然的生活具象仍无法相比;经过岁月淘洗,也许终归要失去光泽。我们现在重读列夫·托尔斯泰和维克多·雨果的某些章节,就难免这样感慨;我们将来重读昆德拉的论说体小说,会不会也有这种遗憾?

但小说不是音乐,不是绘画,它使用的文字工具使它最终摆脱不了与理念的密切关系。于是哲理小说就始终作为小说之一种而保存下来。现代作家中,不管是肢解艺术还是丰富艺术,萨特、博尔赫斯、卡尔维诺、昆德拉等又推出了一批色彩各异的哲理小说或哲理戏剧。也许昆德拉本就无意潜入纯艺术之宫,也许他的兴奋点和用力点,在艺术之外还有思想和理论的开阔地。已经是现代了,既然人的精神世界需要健全发展,既然人的理智与感觉互为表里,为什么不能把狭义的fiction(文学)扩展为广义的literature(读物)呢?《生命中不能承受之轻》显然是一种难以严格类分的"读物"。第三人称叙事中介入第一人称"我"的大篇议论,使它成为理论与文学的结合,杂谈与故事的结合;而且还是虚构与纪实的结合,梦幻与现实的结合,现代主义先锋技巧与现实主义传统手法的结合。作者似乎想把好处都占全。

九

在翻译过程中,最大的信息损耗在于语言,在于语言的色彩、节奏、语序结构等所寓藏的意味。文学写人心,各民族之间可通;文学得用语言,各民族之间又不得尽通。我和韩刚在翻译合作中,尽管反复研究,竭力保留作者明朗、简洁、缜密、凝重有力的语言风格,但由于中西文水平都有限,加上表音文字与表意文字之间的天然鸿沟,在语言方面仍有种种遗珠之憾,错误也断不会少——何况英译版能在多大程度上保持捷文原作的语言品质,更在我们掌控之外。

因此,对这本由捷文进入英文、又由英文进入中文的转译本,读者得其大意即可,无须对文字过分信任。

幸好昆德拉本人心志颇大,一直志在全世界读者,写作时就考虑到了翻译和转译的便利。他认为捷文生动活泼,富有联想性,较能产生美感,但这些特性也造成了捷文词语较为模棱,缺乏逻辑性和系统性。为了不使译者误解,他写作时就特别注意遣词造句的清晰和准确,为翻译和转译提供良好基础。他宣称:"如果一个作家写的东西只能令本国的人了解,则他不但对不起世界上所有的人,更对不起他的同胞,因为他的同胞读了他的作品,只能变得目光短浅。"

这使我想起了同行张承志的观点、更早是哲学家克罗齐(Be-nedetto Croce)的观点:好的文学是一种美文,严格地说起来,美文不可翻译。作为两个层面上的问题,昆德拉与克罗齐的观点尽管对立,可能各有依据。但无论如何,为推动民族之间的文学交流,翻译仍是必要的——哪怕只是无可奈何之下做一种浅表的向外窥探。我希望国内的捷文译家能早日直接译出昆德拉的这部作品,或有更好的法文或英文译者来干这个工作,那么,我们这个译本到时候就可以掷之纸篓了。

十

我们并不能理解昆德拉,只能理解我们理解中的昆德拉,这对于译者和读者来说都是一样。

然而种种理解都不会没有意义。如果我们的理解欲求是基于对社会改革和建设的责任感,是基于对人类心灵认知的坦诚与严肃,是基于对文学鉴赏和文学创作的探索精神,那么昆德拉这位陌生人值得交道。

1987 年 1 月

(此文为译著《生命中不能承受之轻》自跋,作家出版社)

记忆的价值

当那一段用油灯温暖着的岁月渐离我们远去，"知青"这个名词是愈来愈生疏了——尤其是对于流行歌哺育下的新一代来说。时光匆匆，过去之前还有过去，我们几乎已经忘记了井田制，忘记了柏梁体，忘记了多少破落王府和寂寞驿站，为什么不能忘记知青？

毕竟有很多人忘却不了。

乱石横陈曲折明灭的一条山路，茫茫雪原上悬驻中天的一轮新月，背负沉重柴捆迎面走来的某位白发老妪，还有失落在血色晚霞中一串串牛铃铛的脆响……这一切，常常突破遗忘的岩层，冷不防潜入某位中年男人或女人的睡梦，使他们惊醒，然后久久难以入眠，看窗外疏星残月，听时间在这空阔无际的清夜无声流逝。

对于他们中的许多人来说，最深的梦境已系在远方的村落，似乎较难容下后来的故事。哪怕那故事代表电大或函大文凭,代表美国或日本的绿卡,代表个体户酒吧里的灯红酒绿,它们都显得模糊和匆促,匆促得无法将其端详,更无法在梦境里定格出纤毫毕现的图影——如那远方的村落。

缘由也简单:多因了苦难。

人很怪,很难记住享乐,对一次次盛宴的回忆必定空洞和乏味。唯有在痛苦的土壤里,才可以得到记忆的丰收。繁盛的感受和清晰的画面,存之经年而不腐败。

发生在20世纪60年代至70年代的一场巨变是如此盛产记忆。数以百万计的青年学生被抛入穷乡僻壤,移民运动规模空前绝后。这些青年衣衫褴褛,心身憔悴,辗转于城乡之间,挣扎于贵贱之间,求索于文明与野蛮之间,一任命运饿其体肤,劳其筋骨,苦其心志。他们常常守着油灯企盼未来。他们带着心灵创伤从那里逃离时,也许谁也没有想到,回首之际,竟带走了几乎要伴其终生的梦境。

这梦境仅属于他们自己。不仅后辈人将讨厌任何用作炫耀和教诲的苦难,连他们曾密切相关的友人,也毫无义务要把他们的苦难看得特别要紧。

我曾返回当年务农的乡村。陌生的新一代农民已行行列列地高大着,对寻访旧地的知青只能漠然。一些旧相识已多衰老,谈起往事也只能闪烁其词、只鳞片爪,像谈起远古一个模糊传说。

除了找到旧墙上半块褪了色的油漆"语录牌",算是当年遗迹,那里没有纪念碑。

不会有纪念碑,不会有金质勋章,不会有档案馆、史料办、离退休老知青活动中心,甚至未能熬过那岁月的一些男女学友,远方的坟前不会有鲜花和新土年复一年。关于遥远村落的梦境,只能默默地属于他们自己。

当然不值得沮丧。时光总是把苦难渐渐酿出甘甜,总是越来越显示出记忆的价值。

作为人的证明,记忆缺乏者只能是白痴,是禽兽。作为生的证明,生命留给我们每一个人的除了记忆可还有别的什么?难道是电视和冰箱?或是吃过了又拉过了的酒肉?幸福已存在了上下数千年,并不是电器时代的专利。幸福也将伴随人类继续下去,行将经历谁都阔绰得根本不用电视和冰箱,当然更不靠油灯照明的时候。但是,即便在那个时候,也不是任何人都幸福的,不是任何人都能够获得记忆的富有。

步入中年的知青们,历史已在他们的记忆底片上,在他们的身后,多垫了一抹黄土地,或是一面危崖。这使他们继续长旅人生时,脊梁多了几分承托和依靠。他们也许会因此而欣慰,而充实,而通达,多一些前行的沉着。

由我几位朋友通过一份《海南纪实》杂志开始征稿,并由湖南文艺出版社最后编辑完成的这本知青回忆录《我们一起走过》,就是献给这些人的。愿他们在睡梦惊醒时,这本小书能悄悄地陪伴他们到天明。

1990 年 5 月

（此文为知青回忆录《我们一起走过》序,湖南文艺出版社）

无我之我

一个人不在乎与别人活得一样，也不在乎与别人活得不一样，便有了真正的自由。我记得方方曾经写得很俏皮，动笔就密植刻薄话。她也能玩魔幻，跳大神似的兴云布雨以假乱真。读者鼓掌要她再来一个的时候，她却早已卸装。她似乎没想到要按照读者和批评家的订货单，保质保量地信守什么风格，不负众望地坚持住名牌造型，永远沐浴在聚光灯下。

洞明之人永远是有啥就说啥，想啥就写啥。近几年，"新写实"小说瞩目于中国文坛，方方又被誉为这一潮流的代表性人物之一，成了读者须重新认识的一张面孔。说实话，"新写实"的名目有点缺乏含义，这顶帽子不能套住各种各样的脑袋，即便补上"生活流""后现代""生态小说"之类缀饰，尺寸还是过于宽大，不成其为帽子。不过，方方应该由此而感到高兴。当批评家没法从前人的帽店中挑出适合她的一顶，这证明她已经有点不伦不类。

超群者不伦,独特者不类。批评家为难之日,常常是小说家成功之时——创造的性灵已高高飞扬在批评框架之外。

其实,方方的近作很容易理解,只是容易到了有点难的地步。可以想象她动笔时毫无竞技心态,喂过孩子洗过碗筷之后,把近旁的什么随便瞥上一眼,拿起笔就写。她就近取材,不避庸常,特别能体会小人物的物质性困窘,也不轻率许诺精神的拯救,其作品散发着俗世的体温,能使读者们联想到自己的邻居、同事、亲朋及自己。文学与生活已没有界限,就像某些后现代艺术家,能使往后的观众把任何平凡琐屑之物都疑为艺术展品。她力图避开任何理性的价值判断,取消任何创世启蒙的隐喻象征,面对沾泥带土的生活原态,面对亦善亦恶亦荣亦耻亦喜亦悲的混沌太极,她与读者一道,没法借助既有观念来读解这些再熟悉不过的经验,也就把理解力逼到了死角。"这有什么意义呢?"《桃花灿烂》中星子的一句话足以问倒古今哲人。

好的小说总是像生活一样,具有不可究诘的丰富、完整、强大,从而迫使人的理解力一次次死里求生。方方的近作似乎也没有什么高新技术,只能使某些热衷于形式的批评家含糊其词。她像个群众文化工作者,使用公共化的语言,平易近人直截了当的方式,既是俗事便干脆俗说。她的故事是步行,实用,耐久,自然,便于把读者引向各种视角和各种景观,出入往返十分自由。这种叙述显然不是狐步、踏步、太空步,没法让读者惊心动魄并盯住局部细看。这有什么不好吗？据说现代人主张创作主体的强化，作者应该成为作品真正的主角，重要的不是"说什么"而是"怎么说"，最好的内容应化作形式……这些当然是十分益智的见解，被我多次热烈拥护。不过，还有另一条见解现在很少有人说，也是应该好好说的。那就是，最好的形式应该化作内容，最好的"怎么说"应该化作"说什么"，最好的作者应该在他们的叙述对象里悄悄消失，从而达到"无我"之境。

无我便是大我。古人的《史记》、"荷马史诗"等多是无我亦即大我的作品，以其天真朴素的气象，奠定人类心灵的基石。换句话说，无我之我，说到底不是技巧，而是一种态度。它意味着不造作，不欺世，不哗众取宠。它意味着作者不论肤浅与否，聪慧与否，他们留给这个世界的是一种诚实的声音。当越来越多的面孔变成谎言的时候，诚实是上帝伸向我们的援手，是一切艺术最可靠的出发点。从这个意义上来说，方方像其他优秀作家一样，不属于任何文学流派，只属于他们自己的心魂。

1991 年 1 月

（此文为英文版《方方中短篇小说集》序，中国文学出版社）

比喻的传统

　　《女女女》不是一篇关于女权主义的作品，也不是一位男人发泄厌女症的刻毒。事实上，这位作者是热爱女人的，并觉得这个世界的毛病大多要由男人负责，由那些商界、政界、学界里装模作样的男人负责。《红楼梦》中的贾宝玉说：男人比女人丑恶。男人是泥，女人是水。

　　但这篇小说并不接触这样的主题。另一方面，作者对任何主题、任何因果关系的概括都觉得不无可疑。随着叙述推进，他的思考总是充满失败感，比如对肯定与否定的奔赴，对乐观与悲观的奔赴，常常适得其反。中国有些古人（如禅宗）曾用闭口不言或打哑谜来应付这种困境。同样，作者在这里也只能回归到"吃了饭就去洗碗"这样原始而简单的生活信念。在他看来，持有这种信念的人，其心灵比较安全，能够抵御浩繁哲学教条的侵扰——虽然这并不是一种积极的解决方法。

幺姑是一位东方礼教训练之下贤良克己的女人,与我们十分敬重的其他善良人不同,造物主给了她一个中风致瘫的机会,使我们得以窥视她内心隐藏的仇恨,并以此测试了周围更多善良人的同情心。她似乎是长在人类脸上的一个痂疮,使体面的我们不免有些束手无策。她的死亡也是一句漫长难耐的符咒,揭发人性境况的黑暗,呼唤上天仍赐给万物以从容而友好的笑容。

如果我们把世界大战或五谷丰登都看作某句符咒的应验,并不会使某个中国乡下农民感到特别荒唐。我也是一个乡下人。没有西方科学理性的侵入,中国乡下人并不缺乏对世界的见解。比方说,他们会振振有词地断定,某个人的死亡与地震有某种关系,某一棵怪树与邻近一位妇女的不孕有某种关系。民间传说中这一类丰富的见解,是另一种知识,另一种逻辑。它不过是把假想当成了真实,或者说,是把假想中或多或少的真实因素加以强化,用来支撑自己面对世界的信仰。

从某个方面来说,这当然是荒唐的、不实用的、有损国计民生的。但有意味的是,迄今为止我们笃信不疑的种种"真实",不也是不断被查证出或多或少的假想因素吗?地心说与日心说都过去了,牛顿力学与量子力学什么的也将要过去,科学理性总是有局限的,有时还会使我们心胸狭窄,性灵呆滞,比方说我们真的认为,某个人的死亡与接下来的地震这两者之间毫无关联——尽管这个想象有些夸大甚至永难证实。

事实上，科学并不能做所有的事情。假如征兆、报应、机缘、参悟、幻觉、宿命、巫术、神话，等等，全部被科学排斥，假如真实不能得到假想的滋养的佑助——就像西方早已发生而中国正在发生的情况一样——那么美就没有了，生命的丰富性就没有了，文学作品乃至语言中的比喻也不会有了。几乎每一个比喻都隐含着对科学的背叛，都是假想对真实的拒绝和超越。把女人说成花，这是最普通的比喻。一个是人，一个是植物，把人说成是植物，这不真实，不符合科学。但比喻通常就是在这一些毫不相关的事物之间，寻找它们的相关，指示它们某种共同的本质。比喻不过是把科学所割裂的世界，予以艺术的联系和整合，表现或还原另一种真实。因此越是精彩的比喻，本体与喻体之间就越具有科学所判定的差异、阻隔、距离，八竿子打不着，风马牛不相及。人们不会把女人比作女人，只会比作花、星星、流水、鸟或诗。在这个意义上，比喻总是在寻找对科学最强烈的对抗。

比喻是文学的基因，几乎蕴含了文学最基本的奥秘——在语言日益科学化和理性化的今天，它仍然顽强固守人类的神性、人类的美。那么中国的文学传统之一——尤其是民间文学传统之一，就是不仅仅把比喻当作修辞手法，而是当作对生活本质的理解，由此建立审美化的人生信仰。这样的作品会有些似是而非，甚至鬼鬼怪怪。

我希望法国的读者能够给予理解。

如果我的小说无助于这种理解,那是笨拙无能所致。我表示
深深的歉意。

1991 年 5 月

（此文为法文版《女女女》自序, PHILIPPE PICQUIER 出版
社）

平常心，平常文学

黄茵这本书本来不适合由我作序，因为我遇到什么事爱瞻前顾后，寻根究底，而她想什么似乎都不愿往深里去，瞬间即止，感觉便可，女性化喜乐哀愁飘忽而零碎，全无定数，不能让我过瘾。

但读完这一百篇，我又庆幸她不似我这般拘泥于前后与根底，才保持了自己生活感受的率真、简捷、鲜活以及稚拙，才能在生活里俯拾皆美。

美是不可能有什么定数的。淡抹是美，浓妆亦美。自由之轻与责任之重都可闪耀光辉，全看你有无对美的敏悟。黄茵爱吃，爱旅行，爱音乐，爱交朋友且爱把男士统统称为"男孩"，常在凡人小事中捕捉开心根据和爱慕目标，形成了她特别的人生。这等好福气，恐怕主要是因为她尚未被成人思维污染太甚，有时发点小脾气，生点小哀怨，闹点小事故，也不会怎么严重，只存在于一个个瞬间世界。

她是着着实实如孩童般生活，也希望别人都如孩童的。说这不深刻,也对,这一百篇自然不是《圣经》不是《资本论》,甚至适宜在儿童商店出售;但深刻也常有危险,常被我等平庸之辈拿来肢解美感,干些成年人的蠢事。正如一些半吊子学者,倘若他们一看见花,便想起花的拉丁学名以及纲目科属、产地、用途、化学成分,或想起花的传说掌故以及名言警句、人格比附、意旨寄托,那么深刻倒是深刻了,但较之于一位叫叫喊喊的采花少年,他们心中少了多少花季里的惊喜!

说黄茵完全是孩童也不对。在这本书的后半部分,忧患的低声部似乎渐强。她居然开始羡慕活得完全传统的父母,开始思考自己烧菜与挣钱的某种终极意义,开始茫然于自己对潇洒与平实的两难选择……在黄昏时空荡荡的居室里,活得如一位沉重哲人。当这些现代的超级自疑冒出来时,我暗暗为她捏了一把汗。这些问题不去深究也罢,若深究又不得彻悟,用她的话来说是不得"通透",高处不胜寒,便会苦矣哉黄茵。

一个人要有点智慧并不难,智慧得有些傻头傻脑就不容易了。普天下知识人士(尤其是知识女性)谈起人生多悲苦之言。他们一读书便心力大,想追求某种高层次活法,但他们的知识又往往不够通透,悟不到平平常常才是真、才是福、才是美的大道理,所以常被知识所累,倒不如愚笨一些的草民,多少还能守住几分执着与宁静。

古人推崇平常心,这实是人生智慧的精要。我愿黄茵穿越超级自疑的惊涛骇浪后,仍能通向一片平常心的绿岸,仍能通向她快快活活的厨房和旅途,并在那里收获更多不瞻前、不顾后、不寻根、不究底的美。倘若不是那样,她就只能被所谓知识活活毒害了去——如同时下众多焦灼男女,苦海无边。

黄茵对写作也是平常以待的,拿起笔就像聊天,于是运用短章随笔这种体裁也是很自然的结果。

很久以来,小说太像小说,散文太像散文,太显技巧与规则,种种专家化的文字面目日渐生异,最后只能退到自家圈子里热闹,与读者没有多大关系。看那种文字,如同观赏舞台上的高难度表演,端坐而仰视,看久了难免乏力。因此很多人眼下更需要亲切而随意的聊天,需要某种聊天式的文学。小说家们重拾随笔、小品、游记、书信、日记等"日常体",便是可能的一种动向。自然,这不应成为取巧和偷懒,而且并非所有的聊天都是文学,比如在主席台上对着话筒聊的,多是政策;在菜市场或办公室里聊的,多是新闻;唯有夜深人静之时与密友对床长谈的内心隐秘,才可能是文学。

黄茵的这一百篇里,很多篇便是这样的文学,读者不难从中读出雨的凉意和夜的静寂,读出孤灯余晖。

黄茵的平常心给我快乐,她使文学重返平常人的努力,我也很赞成,于是便说几句这样不咸不淡的话。

1991 年 7 月

(此文为黄茵《咸淡人生》序,上海人民出版社)

在后台的后台

一

我有一个朋友,肌肤白净,举止斯文,多年前是学生民主运动领袖。当时有个女大学生慕名而来,一见面却大失所望,说他脸上怎么连块疤都没有,于是扭头而去,爱情的火花骤然熄灭。

认为英雄脸上必有一块伤疤,这很可能是英国小说《牛虻》在作祟。由此看来,很多人的血管里是流淌着小说的。也就是说,他们是按照小说来设计和操作自己生活的。于是,贵族可能自居聂赫留朵夫,罪犯可能自居冉阿让,丑女们可能争当简·爱,美女们可能争当薛宝钗或林黛玉。文学一再塑造出很多人的履历。

同样道理,60年代的很多青年穿上旧军装奔赴边疆,90年代的很多青年穿上牛仔装投奔股市,双方也许并无生理自然的不同——都是一个脑袋两只手，都得吃喝拉撒，其热情和兴趣迥别，那只能是文化使然。他们的用语、习惯、表情、着装时尚，都不难在他们各自看过的文学或影视片里，找到最初的出处和范本。

文学的作用不应被过分夸大。起码它不可能把人变成狗，或变成高高在上的上帝。但它又确确实实潜藏在人性里，在很大程度上改写人和历史的面貌。比如在我那位朋友的崇拜者那里，它无法取消爱情，但能为爱情定型：定型出一块脸上的伤疤，以及因此而来的遗憾或快乐。

二

从"人"身上读出"书"来，是罗兰·巴特（Roland Barthes）最在行的活儿。用他的话来说，就是从"自然"中破译出"文化"。他是个见什么都要割一刀的解剖家，最警觉"天性""本性""自然""本原"等字眼，眼中根本没有什么原初和本质的人性，没有什么神圣的人。解剖刀一下去，掏出来的只有语词、句法、文化策略一类，条理分明，来路清楚，并且充满油墨和纸张气息。他甚至说过，法国人爱喝酒也不是什么自然事件。酒确实好喝，这没错。但嗜酒更是一种文化时尚，一种社会团结的隐形规范，一种法国式的集体道德基础和精神图腾仪式，差不多就是来自意识形态的强制——这样一说，法国人酒杯里的意识形态还那么容易入口？

面对人的各种行为,他革命性地揭示了隐藏于自然中的文化,却不大注意反过来从文化中破译出自然,这就等于只谈了问题的前一半,没谈后一半。诚然,酒杯里可能隐含意识形态,但为什么这种意识形态选择了酒而没有选择稀粥?没有选择臭污水?文化的运行,是不是也要受到自然因素的牵引和制约?

这个问题也得问。

事实上,文化不是天上掉下来的,不是几千年来单性繁殖自我复写来的,不是天下文章一大抄。凡有力量的作品,都是生活的结晶,都是作者经验的产物,孕育于人们生动活泼的历史实践。如果我们知道叔本华(Arthur Schopenhauer)对母亲、情人以及女房客的绝望,就不难理解他对女性的敌意以及整个理论的阴冷。如果我们知道萨特(Jean-Paul Sartre)在囚禁铁窗前的惊愕,就不难理解他对自由理论的特别关注,还有对孤独者内心力量的特别渴求。理论家如此,文学家当然更是如此。杰出的小说,通常都或多或少具有作家自传的痕迹,一字一句都是作家放血。一部《红楼梦》,几乎不是写出来的,四大家族十二金钗,早就进入曹雪芹平静的眼眸,不过是他漫漫人生中各种心灵伤痛在纸页上的渐渐飘落和沉积。

所以说,不要忘了,从"书"中也可以读出"人"。

三

文化的人，创造着文化；人的文化，也正创造着人。这就是文与人相生相克、互渗互动的无限过程。人与文都只能相对而言，把它们截分为两个词，是我们语言常有的粗糙。

当今很多学人从罗兰·巴特那里受到启发，特别重视文本，甚至宣布"人的消亡"。应该说，这种文本论是对人本论的有益补充，但如果把文本论变成文中无人的唯文本论，就可能成为另一种偏视症，成为某种意义上的纯技术主义，不过是一种封闭修辞学的语词虚肿和句法空转。到头来，因漠视作品的生命源泉，失去批评的价值支点，唯文本论就有点半身不遂，难以远行。

其实，文学不论如何变，文与人合一，还是优秀作品常有的特征。知人论世，还是解析作品不可或缺的重要方法。本着这一点，林建法先生和时代文艺出版社继《撕碎，撕碎，撕碎了是拼接》之后，又推出《再度漂流寻找家园融入野地》，把读者们读过作品的目光，再度引向作家，作一次文与人的互相参证。这一类书，好像把读者引入小说的后台，看作家在后台干了些什么，离开舞台并且卸了装后，是不是依然漂亮或依然丑陋，是不是继续慷慨或继续孤独，是不是还有点扶危济困的高风亮节，是不是依旧成天寻乐并随地吐痰。作为很重要的一个环节，编者这次没忘记另一些幕后人物——编辑。把他们也纳入视野,后台的景观就更为完整。

看一看后台,是为了知人论世,清查文学生产的真实过程。论世暂且不说,知人其实很难。后台并不一定都是真相的保管箱。这里的人虽然身着便装,言说口语,都是日常态,但真实到了什么程度不好说。印象记一类多是当事人或好友来写,看得不一定全面,有时还可能隐恶扬善以便悦己或谀人。即便下决心做一个彻底透明的人,也还有骨血里的文化在暗中制约。虽然不至于会对照一本《牛虻》来设计和操作爱情,但每个人从小就接受的伦理道德,现实社会里国籍、地位、职业、习俗、流行舆论、美学潮流、政治处境等规训,都可能让人们不自觉地改变自己,矫饰自己,伪造自己,把自己的扭曲、变态、异化当作真实的"自我"——换句话说,后台不也是一个广义的前台?

周作人投靠侵略者政权。是真心还是假意?是虚无失态还是怯懦媚权?是某种文化背叛的政治延伸,还是某种私愤的政治放大?抑或他只不过是偶然的一时脑子里进水?……也许这些因素都存在,不过是在不同情况下随机重组而已。他扪心自问,可能也不大看得清自己,更遑论旁人和后人。有些人根据他的政治表现,把他的前期定为革命文学家,把他的后期定为反动文学家,显得过于简单,也不无失真的危险。

由此可知,知人论世也常常落个一知半解,不一定总是很可靠。

生活是一个更大的舞台。这个舞台的后台纵深几乎无限,不是轻易能走到头的。

四

人的真实越来越令人困惑,也是一个千古难题。

戏剧家布莱希特(Bertolt Brecht)对真实满腹狐疑,提倡"疏异化",就是喜欢往后台看,把前后台之间的界限打破,对文学的看家本领"拟真"大胆怀疑。小说家皮兰德娄(Luigi Pirandello)让他笔下的人物寻找他们的叙述者,写下所谓"后设小说",即关于小说的小说,也就是将小说的后台示众。这些方法后来侵入音乐、绘画、电影,已成为文艺新潮之一。创作本身成了创作的主题,艺术天天照着镜子,天天与自己过不去。艺术家们与其说仍在阐释世界,毋宁说更关注对世界阐释的阐释。

这是本世纪新文化的特征之一。这个自我清查运动的特点是长于破坏性,短于建设性。它不断揭破虚假,冲击得真实感的神话防不胜防和溃不成军。但造反专家闯入后台的消极结果,是真实无处可寻,真实从此成为禁忌。神话一个个被消解后,一层层被消解后,先锋们只好用反秩序的混乱、无意义的琐屑、非原创的仿戏,来拒绝一切理解和知识,来迎头痛击人们的认识欲求,给满世界布播茫然。

这种认识自戕,具有对伪识决不苟且的可贵姿态,但它与自己的挑战对象一样,也有大大的软肋,比如过于理想主义地看待真实,似乎觉得凡真实必须高纯度,容不得一点杂质,因此它就像宝矿一样藏在什么地方。问题是,世上有这样高纯度的真实吗?事实上,那样的矿点不存在,但矿点不存在并不值得人们绝望。真实是什么?真实不是举世难寻的足赤金,而是无处不在的空气,就像虚假一样,或像虚假的影子一样。对任何虚假的抗争,本身就是真实的显现。当布莱希特从战争废墟和资本伪善那里汲取了愤怒,当他对人们习以为常的世界假象展开挑战,他本身就是在呼吸真实,就活在真实之中——不论他对戏剧追求"真实"这一点是多么狐疑。

当然,一旦他成为明星,成为沽名者和牟利者的时尚偶像,相关反抗也可能沦为作秀和学舌,成为虚假透骨的表演、毕业论文、沙龙趣谈、纪念酒会以及政客嘴里的典故。这就是说,真实离虚假只有一步之遥。

五

真实差不多是一种瞬间事件,依靠对虚假的对抗而存在。因此它是重重叠叠文化积层里的一种穿透,一种碰撞,一种心血燃烧,这在布莱希特以及其他作家那里都是如此,在任何文学现象里都是如此。

人们远离襁褓时代的童真,被文化深深浸染和不断塑造,自觉或不自觉地进入了各种文化角色,但未尝不可呈现自己的自然本色。只是这种本色不可远求,只存在于对虚假的敏感和拒绝,存在于不断去伪存真的斗争。在这一过程中,本色与角色相对而言,自然与文化互生互动。在文学领域里,这既是作家走出层层后台展示自己的过程,也是读者越过层层前台去理解作家的过程。每一次智巧的会意,每一次同情的共振,每一次心灵的怦然悸动,便是真实迎面走来。

读任何书,读任何人,大概都是这样的。

1991 年 7 月

(此文为林建法等主编《中国作家面面观》序,时代文艺出版社)

多嘴多舌的沉默

我所说的，我并不那么相信。

甚至连刚才说的这一句，也可以立刻使我陷入踌躇和犹豫。

比方说，"我"是什么意思？物质的我为男性，七十多公斤，由骨血皮肉组成，源于父母的精卵以及水、空气、阳光、粮食、猪肉等一切"非我"的物料，"我"就由它们暂时组合并扮演着。那么心智的"我"呢，从儿时学会第一个词开始，每个人都接受了先于他存在的文化，脑袋里的概念来自父母、朋友、教师、邻居、领袖、学者、新闻编辑、广告制作者、黑压压的大众等一切"非我"的存在。从某种意义上说，我从来只是历史和社会的某种代理，某种容器和包装。没有任何道理把我的心智单独注册为"我"，并大言不惭地专权占有它。

换一个主词来看吧——"相信"是什么意思？人类几千年来"相信"的真理，总是不断被新的认识超越，暴露出不值得过分相信的偏狭和肤浅。而且"相信"意指赞同、信任、认定，是一种理智行为。我们使用这个词时,已暗示了一种前提:人是理智的,是能够而且乐意接受真理的,是一些讲道理有礼貌也不会随地大小便的高等物种——我们在描述猪狗时从不用"相信"这个词,就自证了这个词的高尚人性。但是,"相信"在欲望面前一直是脆弱的,我们"相信"人类应治处自然,同时却会毫不犹豫地污染和破坏环境。我们"相信"暴力十分邪恶,同时却会一直漠视甚至制造这里那里的流血。贪欲一次次在心底暗燃,常常不被理智遏止;相反,"相信"一再成为这种隐形改造工序的许可证和障眼法,成了一种习以为常的自欺欺人。

只要稍加注意,语言就显得如此令人举步维艰。那么语言所垒砌的思维大厦,如何能使人安居?

任何一个词,都是某种认识的凝定,也是对现实大大简化了的命名,就像用一纸结婚证来象征婚姻和爱情。认识的主体在不断流变,认识的对象也在不断流变,它们组成并不断置换词语的隐秘含义,层层叠盖,错综复杂,暧昧不清。它们只有在某种读解默契之下,才能被人们有限地跟踪和探明。因此,结婚证不等于婚姻和爱情。

语言符号总是与真实所指或多或少地疏离,如同禅宗宣称的:凡说出口的,不是禅。

语言同时体现着人类认识的成就和无能,语言使人们的真知与误解形影相随。如果说语言只是谎言的别称——这也是至少说对了一半,但我们还是需要言说。包括禅宗,除了棒喝踢斩之类公案,他们不比别人说得更少。

于是，一种新的言语观出现了。

言语者总是对自己的所言保持一种批评性距离，对语言的信用指数深怀戒惧——当他抨击"恶"时，他知道恶也是人类文明的动力之一，甚至是激发、孕育、锻造、标测"善"的基本条件。他"表现"孤独时，他知道孤独一经表现，就已悄悄质变为炫示、哗众、叫卖、求赏，成了一种不甘孤独、不愿孤独，而且渴求公众目光的急迫展销。如此等等。在这里，人们面对陷阱密布的语言当然不必闭嘴，各种表述仍将是有意义的。新的言语者只是强调：为了让心智从语言困境中解放出来，人们也许不必许诺任何终极结论，不必提供任何稳定的一点，不必设置任何停泊思维的港湾。

对于艺术家来说，恐怕尤其如此。科学求真，是有限之学，最终落实于对物的操作，在操作中必须非此即彼。艺术求美，是无限之术，一开始就是心的梦幻，免不了虚实齐观、是非相因、物我一体，更少一些确定性。科学家与艺术家都会有言语的自疑，都习惯于多嘴多舌的沉默，但科学家可能会说：我虽然不那么相信我的话，但在眼下既有的条件下，只能相信；艺术家可能会说：我虽然相信我的话，但面对时空无限，我只能不那么相信。

好吧，暂且让我武断地相信这一切。

1992 年 12 月

（此文为散文集《夜行者梦语》自序，上海知识出版社）

走出围城

这本书是三方对话,一方是批评家,一方是创作家,一方是编辑家——其实编辑常身兼二职,既有批评也有创作,只是把批评意见和创作构想都写进了稿笺,融入别人署名的作品之中,隐在出版物的万千气象之后。

三方均为文学的生产者,但各有所司,各有所专,具有不同的实践历程与知识视角。因两位主编的促成,他们相约于此书,以文解人,以人证文,算是一次借助笔墨的近距离交流。

自90年代以来,文学热潮渐退,文学活动趋少,圈内人见面机会不如从前,倒也有一份相忘于江湖的散淡和自在。即使有缘把臂,似乎也鲜有80年代那种激情的切磋和争论,鲜有战友式的同仇敌忾与甘苦相知。时光飞逝,80年代的朴质和浪漫俱往矣,90年代显得更加成熟,也更加世故;有更多的独立,也有更多的疏离——人们相会之际仍能妙语连珠谈笑风生,只是文学话题越来越少。扑克、古董、保龄球、养身术、流行笑话、欧洲杯足球赛等，正占据文学原有的位置。

是文学已经谈完了吗？或者说，成天表现出亢奋的文学反而涉嫌小儿科的弱智和多动症？

生活是文学的母胎，而90年代以来的生活正在模式化。作为出版市场大国的受益者，文人们眼下大多有了中等阶层的滋润日子，房子住大了，家具换代了，职称升高了，赴宴与出镜也多了，穷乡僻壤、穷街陋巷的往事已渐模糊。屈辱生涯成了透支的自叙，穷小子们大多退出了视野，正远离沙发和浴缸所侍候的神经末梢。文人们终于有了应有的幸福，但幸福的代价，是他们从各个社会层面和各种生活经历中拔根而出，不再是来自遥远现场的消息报告人。他们大多被收编到都市白领的身份定位，不经意中已被训练出通行的消费习惯，连关闭电视后的一个哈欠，也有差不多的规格。正像俄国托尔斯泰说的：幸福者有共同的幸福，不幸者有各不相同的不幸。他们正是因为幸福而变得彼此雷同，与圈内人的相见，差不多是镜中自照，差不多是自己戴上假面前来握手寒暄。在这种情况下，即便双方来一次掏心掏肺的深谈，能获得几多惊讶？

观念是文学的种子，而90年代以来的观念正在流行化。据说有人已宣告"历史的终结"，实际上是指对历史的认识已终结。怀疑到此止步，批判逾期作废。善与恶，独与群，意识与潜意识，现代与前现代……这一套知识已经构成了圆通的解释体系,完全够用的几把尺子,似乎足以测示世界上任何悲剧或闹剧,勘定我们身边任何一个人。对于有些文人来说,他们不再用生活孕育思想,就只好尾随大街小巷里的众口一词,把自己的脑袋交给流行媒体。即便还偶有商榷,还偶有争议,也不过是我用这把尺子时你刚好用了另一把,或是我从下量时你刚好要从上量,我量左时你刚好要量右——度量的标准本身并无不同。一本本流行的哲学或经济学,批发出太多相似的观念、口吻、修辞手法以及衍生读物,传染病一样改变着文学,使太多言说变得似曾相识又无迹可求,使80年代的个性解放,终于会师于某些脱口而出的套话。事情到了这一步,交流岂不是有点多余?那么多研讨会、报告会、名人对谈是否热闹得有点空洞?

新时期的中国文学步入中年,有了中年的厚重,也有了中年的迟缓,有了中年的强健,也有了中年的疲乏——生活模式化和观念流行化不过是常见的文明病,是现代社会里文人被专业化、科层化、精英化、利益体制化后新的危局。在这个意义上,文学要永葆青春,就得再一次走出围城,再一次向广阔的生活实践和敏锐的知识创新开放,再一次把自己逼入陌生的前沿。事情得从头开始,甚至得从文学以外的功夫开始。

眼下这本第三辑《当代作家面面观》,为文学带进了很多新面孔,也带进了很多新的话题和背景,在很大程度上具有开放的意义。作为读者之一,我把它看作一扇缓缓打开的大门,引我进入围城之外新的风光。

1994 年 8 月

（此文为林建法等主编《当代作家面面观》第三辑序,时代文艺出版社）

圣战与游戏

　　如同文学中良莠混杂，佛经中也不缺废话胡话。而《六祖坛经》的清通和睿智，与时下众多貌似寺庙的佛教旅游公司没什么关系。

　　佛学是心学。人别于一般动物，作为天地间唯一的高智能物种，心以身囚，常被食色和沉浮所累。《六祖坛经》直指人心，引导一次心超越物的奋争，开示自由和幸福，开示人的自我救助法门。《六祖坛经》产生于唐，一个经济繁荣的时代。我们可以想象那时也是物人强盛而心人颓萎，也弥漫着非钱财可以疗救的孤独、浮躁、仇憎、贪婪等"文明病"。《六祖坛经》是直面这种精神暗夜的一颗明敏、脆弱、哀伤之心。

　　追求完美的最好思辨，总是要发现思辨的缺陷，发现心灵无法在条理分明、振振有词的思辨里安居。六祖及其以后的禅学便大致如此。无念无无念，非法非非法。从轻戒慢教的理论革命，到最后平常心地吃饭睡觉，一次次怀疑和否定自身，理论最终只能通向沉默。这也是一切思辨的命运。

思辨者如果以人生为母题，免不了总要充当两种角色：他们是游戏者，从不轻诺希望，视一切智识为娱人的虚幻；他们也是圣战者，决不苟同惊慌和背叛，奔赴真理从不会趋利避害左顾右盼，永远执着于追寻终极意义的长旅。因其圣战，游戏才可能认真、顽强以及精彩；因其游戏，圣战才更有知其不可而为的悲壮，更有明道而不计其功的超脱——这正是神圣的含义。

所幸还有艺术和美来接引人们，如同空谷足音，让人们进入一种丰沃的宁静。

1994 年 10 月

（此文为繁体中文版《圣战与游戏》自序，香港牛津大学出版社）

每一个词的生命和命运

人是有语言能力的生物,但人说话其实很难。

1988 年我移居中国的南方之南,最南端的海南岛。我不会说海南话,而且觉得这种话很难学。有一天,我与朋友到菜市场买菜,见到不知名的鱼,便向本地卖主打听。他说这是鱼。我说我知道是鱼,但请问是什么鱼? 他瞪大眼睛说:"海鱼么。"我笑了,我说我知道是海鱼,但请问"是、什、么、海、鱼?"对方的眼睛瞪得更大了,显得有些不耐烦:"大鱼么!"

我和朋友事后想起这一段对话,忍不住大笑。

海南有全国最大的海域,有数不胜数的渔村,历史悠久的渔业。我后来才知道,海南人关于鱼的词汇量应该说是最大的。真正的渔民,对几百种鱼以及鱼的每个部位和各种状态,都有特定的语词,都有细致而准确的命名,足可以编出一本厚厚词典。但这一切绝大部分无法进入普通话。即使是收集词汇最多的《康熙字典》，四万多词条也离这个海岛太遥远，已把这里大量感受和经验排除在视野之外，排除在学士们的笔砚之外。当我同这里的人说起普通话时，当我迫使他们使用他们不太熟悉的语言时，他们就只能用"海鱼"或"大鱼"来含糊。

我差一点嘲笑他们，差一点以为他们语言贫乏。我当然错了。对于我来说，他们并不是我见到的他们，并不是我在谈论的他们。他们呕哑嘲哳，叽里呱啦，很大程度上还隐匿在我无法进入的语言屏障之后，深藏在普通话无法照亮的宽广暗夜。

他们接受了这种暗夜。

这使我想起了自己的家乡。我多年来一直学习普通话。我明白这是必要的，是我被邻居、同事、售货员、警察、教师、官员接受的必需，是我使用电视、广播、报纸的必需。我在菜市场买鱼的经历，只是使我突然震惊：我已经普通话化了。这同时意味着，我记忆中的故乡也普通话化了，正一天天被异质的语言滤洗，正变成"大鱼"和"海鱼"，简略而粗糙，在译语的沙漠里一点点干枯。

这并不是说故乡不可谈论。不，它还可以用普通话谈论，可以用粤语、闽语、藏语、维语以及各种外国语来谈论，但是用京胡拉出来的《命运交响曲》还是《命运交响曲》吗？一只已经离开了土地的苹果，一只已经被蒸熟、被腌制的苹果，还算不算苹果？

方言当然不是唯一的障碍，地域性也不是语言的唯一属性。

在地域性之外，语言起码还有时代性维度。几天前，我与朋友交谈，感慨交通和通信手段的发达，使人类越来越强化了横的联系，在不久的将来，可望基本上铲除文化的地域差别，但新的麻烦是可能扩大和加剧时代的差别。地球村居民吃同样的食品，穿同样的衣服，住同样的房子，流行同样的观念，甚至说同样的语言，但说不定正是那时候，50年代的人了解30年代的人，2020年出生的人要了解2000年出生的人，竟像眼下中国人了解英国人一样困难。

这个过程其实已经开始。

所谓"代沟"不仅表现在音乐、文学、服装、政治等方面，也开始表现于语言——要一个老子完全听懂儿子的用语，常常得费一把老力。"三结合""豆豉票""老插""成分"……一批词汇迅速变成类似古语的东西，并未退出日常生活，仍然流通于某些特定的交际圈，就像方言流通在老乡圈。不是地域而是时代，不是空间而是时间，正在造就各种新的语言群落。

这个问题还可以再往深里说。

即使人们能超越地域和时代的障碍，是否就可以找到一种共同的语言呢？有一个语言教授曾做过试验，在课堂上说出一个词，比方"革命"，让学生们说出各自听到这个词时脑子里一闪而过的形象。答案竟然多种多样：有红旗，有领袖，有风暴，有父亲，有酒宴，有监狱，有政治课，有报纸，有菜市场，有手风琴……学生们用完全不同的生活体验,对"革命"这个词做出了完全不同的下意识诠释。当然,他们一旦进入公共交流,就不得不服从权威规范,比方服从一本大词典。这是个人对社会的妥协,是生命感受对文化规约的妥协。但谁又能肯定,那些在妥协中悄悄遗漏了的形象,一闪而过的感觉,不会在意识暗层积累成可以随时爆发的语言窜改事件?谁又能肯定,人们在寻找和运用一种共同语时,在追求心灵沟通时,新的歧音、歧形、歧义、歧规现象不正在层出不穷?一个非普通化或逆普通化的过程,不正在人们内心中同时推进?

从严格的意义上说,所谓"共同的语言"恐怕永远是人类的一个遥远目标。如果我们不希望交流成为一种互相抵消、互相磨灭,我们就必须对交流保持警觉,在妥协中守护自己某种顽强的表达——这正是一种良性交流的前提。这也就意味着,人们在说话时,如果可能的话,每个人都需要一本自己特有的词典。

词是有生命的东西。它们密密繁殖,频频蜕变,聚散无常,沉浮不定,有迁移和婚合,有疾病和遗传,有性格和情感,有兴旺和衰竭还有死亡。它们在特定的事实情境里度过或长或短的生命。

一段时间以来,我的笔记本里就捕捉和囚禁了这样一些词。我反复端详揣度,审讯和调查,力图像一个侦探,发现隐藏在这些词后面的故事,于是就有了这一本书。

这当然只是一部个人的词典,对于他人来说不具有任何规范意义。这只是语言学教授试验课里诸多答案中的一种,人们一旦下课就不妨把它忘记。

1995 年 12 月

　　(此文为长篇小说《马桥词典》自跋,作家出版社)

美丽的大眼睛

刘舰平第一本小说集名为《堂堂男子汉》,其人体魄雄健,臂力超群,在角力游戏中鲜有对手。尽管如此,朋友们还是愿意用"漂亮"甚至"妩媚"这些较为女性化的词,来描述他的面容——尤其是他的眼睛。

十多年前,这双美丽得几乎让人生疑的眼睛开始夜盲,继而视野残缺,最后被确诊为一种极其罕见的先天性眼疾。在一般的情况下,这种眼疾将在十到二十年的时间里,无可避免地导致患者完全失明。

一切可尝试的疗治方案都尝试过了,还在尝试下去。但坦白地说,他的双眼里已经渐生黯淡、涣散、迟钝,就像灿烂星星正缓缓熄灭。他和亲友们仍在等待奇迹。但如果现代医学最终不能保住他的视力,他就将进入一片永远的黑暗——这种沉重的可能一直悬在他头上,甚至已经超前进入他一次次自我调侃式的心理预习。在那片黑暗里，当然还会剩下很多声音。凭借这些声音，一个人可以找到它们各自的来处，一些大的或小的、软的或硬的、冷的或暖的、动的或不动的物体。世界万物将被一个最简单却是最重要的标准来区分：是障碍或不是障碍的，能把腿脚撞痛或不撞痛的。

对于他来说，腿脚上的痛感将成为世界一切事物的形象和意义。

这就是盲人的世界，某一类残障人的世界。在我看来，"残障"的定义有些含混不清。如果一个人患上胃病、关节炎、高血压，甚至割去半个肺或拿掉一只肾，抑或血液里流淌癌细胞，同样是损坏身体，但人们并不会将其称为残障。可见"残障"是一个特殊概念，并不完全是一个测定健康的概念。"残障"指涉人的视、听、触、言、行、思等能力，与佛经里"六根"和"六识"的范畴相当接近，虽然所言生理，意旨却偏向心理，几乎是一种佛学化的生理概念。

其实，从个人感知世界这一方面来说，有谁可以逃脱生理局限？有谁可以无所不能？我们无论有多么健康，也缺乏狗的嗅觉、鸟的视觉、某些鱼类的听觉。我们听不见超声波，看不见红外线，声谱和光谱上大部分活跃而重要的信号，一直隐匿在我们感官之外。在生物界更多灵敏的活物看来，整个人类庶几乎都是"残障"的。直到最近一两个世纪，我们依靠望远镜才得以遥望世界,依靠航天飞机才得以俯瞰世界,依靠核反应堆和激光仪才得以洞察世界。在拥有更高科学技术的人们看来,前人可怜得连一张高空航拍照片都不曾领略,对世界的了解是何其狭窄和粗陋。这种状态与健康人眼中的"夜盲"或"视野残缺",似乎也没有太大距离。

局限总是相对而言。人不是神。人一直被局限所困,还将继续被局限所困——即便正常人也是如此。从这个意义上说,人类依循介入世界的无限欲望,以不断突破和超越自己生理局限的过程,构成了迄今为止的历史。人们靠科学拓展对物界的感知,同时也用哲学、宗教、艺术拓展对心界的感知,比如从文学史上最初一个比喻开始,寻找声音的色彩,或色彩的气味,或气味的重量,或重量的温度,或温度的声音,就像一个盲人要从一块石头上摸出触觉以外的感觉,摸出世界的丰富真相。这几乎就是文学的全部所为。文学不是别的什么,文学最根本的职事,就是感常人之不能感。文学是一种经常无视边界和越过边界的感知力,承担着对常规感知的瓦解,帮助人们感知大的小,小的大,远的近,近的远,是的非,非的是,丑的美,美的丑,还有庄严的滑稽,自由的奴役,凶险的仁慈,奢华的贫穷,平淡的惊心动魄,耻辱的辉煌灿烂。文学家的工作激情,常来自他们的惊讶发现,发现熟悉世界里一直被遮蔽的另一些世界。

舰平起步于诗歌,后来远行于小说和散文,可见眼疾并不妨碍他看到这个世界上更多的东西。

他最近刚经历了一次眼科手术。不管这次手术的效果如何，他今后的新作将展示出越来越宽阔的视野。

1996 年 5 月

（此文为刘舰平《刘舰平小说选》序,湖南文艺出版社）

一个有生命的萝卜

我与张柠还没见过面,只是看过他几篇批评文章,又因为《天涯》一篇文稿的关系,与他有过一两次电话的交谈。老实说,对于他的研究,我还不具备评价的资格。他的很多阐述在我的知识范围之外,他的博学常令我惊异。从我已读到的有限几篇文章来看,这位批评家至少已经配置了结构主义的、历史主义的、存在主义的、东方神秘主义的(如佛学与《易经》)等多种批评方法,学接今古,识涉中西,理法操演不拘一格。对多种知识资源的吸纳和占有,使他的批评总是不时洞开文明史的纵深空间,接引读者与人类的智慧相遇。

更使我感兴趣的是,作者似乎并不执迷于方法,在使用这种或那种方法时,表现出了应有的审慎。他不是方法的仆役、发烧友或者宣传推广机构,一方面大胆运用各种方法,另一方面则较为注意特定方法对于特定批评对象的适用性,眼药水不会抹在脚上。他也明白方法的局限,用他自己的话来说,"解读可以从多个不同的角度进行",他的批评"不过是众多互文的一种"。这种实践者的通达当然赢得了我的信任——因为看破了方法之短,所以最有可能用好方法之长。

20世纪从独断论之下解放出来,加上文化资本的超常膨胀,一串串的新主义、新学派、新方法正从学院里涌现出来,让人目不暇接。随手捞上一个作家,都可以变成课题,然后养活几个文学教授。随便摘取文学作品中的一只蝴蝶、一纸病历,或者两个特异的修辞句型,也足以让某些批评家展开言之凿凿的逻辑体系和话语空间,在学术讲坛上建构流派。

这是一个众声喧沸的时代,方法辈出和方法超产的时代。

照理说,方法没有什么不好。方法是以逻辑组结起来的知识体系,既是认识的成果,也是认识进一步逼近事物真相的手段。没有相应的方法,我们如何能够检测出萝卜里面的维生素?没有其他方法,我们如何知道萝卜里面还有糖?还有氨基酸?还有水?还有空气?对文学的深度分析就是这样展开的。

但问题的另一方面在于,文学是这样一种萝卜,并不是萝卜中各种成分简单的相加,更不仅仅是其中的某一种成分。测出维生素固然很重要,但维生素这东西萝卜里面有,白菜里面同样有,而且臭烘烘的垃圾里面也会有。执迷者最常见的错误,就是"维生素主义"治天下,于是杰作与垃圾无从区别,真前卫与仿前卫成了一回事,优质解构与蹩脚解构成了一回事。他们甚至会把根本不会写小说的人,把最可笑的学生腔,也当作文学的流行品牌,来印证自己方法的胜利。

由此可见,批评的方法并不能等于批评。批评的方法载舟亦覆舟,即便是最高明的方法,也有它的边界,也有它的陷阱,弄不好就有可能使批评离艺术更远。批评最重要的功能是知心见性,是美的发现。在这一点上,万法同宗,批评家也许更需要倚重于他自己用来创造、选择、运用、超越乃至扬弃各种方法的生命感受。这种感受是他们与作品最本质的相互关切。

张柠潜心于他的作品论,并且说过,他对忽略"文学性"的批评抱有警惕,也不赞成"用不合国情的西方术语来强说"中国的作品。我不知道他这些说法的全部具体所指,但我相信他正在获得一种驾驭方法的眼界和能力,正在保护和复活理法中的智慧,器识中的性情,方便多门之下精神的无限丰富性。

一个成熟的作家或作品常常是多解的代数式。如果要借用"主义"来抽象,这个作家或作品可能既是现实主义的,也是现代主义的;既是古典主义的,也是浪漫主义的;既是形式主义的,也是历史主义的;既是理性主义的,也是直觉主义的……严格地说,优秀的文学总是超主义的心智奇迹——至少是一个有生命的萝卜。

其实,优秀的批评何尝不也是如此? 没见过面的张柠也许能同意我这一点感想。

1996 年 9 月

（此文为张柠《叙事的智慧》序，山东友谊出版社）

傩:另一个中国

《圣经》中记载了人类远古时期的洪水故事,中国很多民族的古代传说里同样有洪水的故事。《圣经》中的人类始祖叫 NOAH(诺亚),中国传说中的人类始祖则叫 NOYA(傩亚)。这些巧合和相似意味着什么呢?

这仅仅是很多历史谜团中的一个,也是林河先生这本书极力要探明的问题之一。

本世纪以来,有助于揭破这些谜底的文化人类学获得了长足发展,改写和重构了人们的一个个历史观、文化观、哲学观、艺术观。但对于很多中国知识分子来说,文化人类学的方法还相当陌生,以至他们在大谈弘扬传统或反叛传统时,在投入中西文化比较一类的时髦话题时,甚至还没有听说过或还不大认识这一个字:傩。

傩,音 nuó,意为神鸟,后引申为以鸟为图腾的民族及其原始宗教活动。中国广大农村至今还十分活跃的傩戏、傩祭等,显示出这个字极强的生命力。林河先生研究"环太平洋傩文化圈",把他以前的楚、越文化研究纳入了傩文化这个更大框架中,为整理中国古代文化资源提供了一个新视角,进而做出了有关的新解释。

除了少数学者认为中国文明源于西方之外,很长一段时间以来,中华文明发源于黄河流域,似已成了学界定论。北京周口店六十九万年以前的"北京人",陕西一百万年以前的"蓝田人",曾被理所当然地认为是中华民族的祖先。但70年代以来一连串考古新发现大大拓展了人们的眼界,特别是长江流域金沙江畔元谋地区,发现了距今四百万年以前的直立人化石,继而又发现了大溪文化、高庙文化、屈家岭文化等,使"黄河源头说"出现了根本性的动摇。

林河先生从考古学取"死"证,从民俗学取"活"证,重新梳理和描述中华文明发展脉络,包括把"龙文化"与"旱粮文化"连接,把"凤文化(傩文化)"与"水稻文化"连接,以丰富的材料,证明后者就是神农氏族的原始宗教文化,从长江流域发轫,辐射全国,最后登堂入室,在商、周时代达到了权威的顶峰并且统一中国。在"龙"与"凤"的文化融合过程中,"凤"文化是更早熟的文化主体,只是到了周代以后,礼制确立,神权旁落,"傩"才被驱逐到中华文明圣殿之外,成了文人雅士们不屑一顾的"怪力乱神",被两千年来的宫廷正史所遮蔽。

在林河先生看来,周代以后的文化已经分为上下两层。作为上层的儒家正统的礼制文化当然是重要的,但它的深度影响范围,毕竟只在占人口百分之五以下的士大夫之中;而作为下层的傩文化,在百分之九十五的人口中一直长盛不衰直至20世纪,更能引起他的同情和关注。换一句话说,后者是他心目中的"民间中国",从某种意义上来说也是更重要和更真实的中国。

这将导致对有关中国文化的一系列结论的挑战:中国是雅驯的?是君臣有序的?是男女有防的?是重农轻商的?……凡此上层文化的特征,一旦到了宽阔的傩文化世界里,无不可以被迥然有别或截然相反的结论所替代。于是,中国到底是什么,不得不重新成为一个问题。

如果说,文化人类学曾经或正在破除文化史上的欧洲中心"一元论",那么林河先生的傩史研究,至少也在中国范围内显示出消解性和颠覆性的力量——一个是"黄河文化中心",一个是"儒家文化中心"。这两点不再是无可怀疑。

我曾随林河先生做过一些田野调查工作,在民族文化史方面尊他为师,从他那里学到了不少知识,度过了一些难忘的日日夜夜。当然,我并非这方面的专家,对他在今后研究中更多注意方法论的希望,更多注意西学资源及相关工具的建议,只是出于一个局外人的感觉,仅供他参考。同样是从这种感觉出发,我一直相信,林河先生的研究——尽管眼下还不是特别完善和周密,是人们至今重视得远远不够的一笔宝贵财富,终将使我们对中国文化的认识别开新局,获得一种革命性的拓展和推进。

1997 年 3 月

(此文为林河《古傩寻踪》序,湖南美术出版社)

当年对床夜语

　　我在中学时语文成绩不好,作为知青下乡后,逐步学习文学写作,得益于很多老师的指引和帮助,胡锡龙先生便是其中一位。他中文科班出身,这在当时的小小县城里并不多见。可惜那时节"文革"阴云悬之不去,使他的身上多了一些拘谨之态,在机关里供职免不了总是低眉顺眼。两只粗布套袖常随身配备,显示出当时知识分子终于工农化的流行形象。

　　他其实是一个开朗人,不乏村夫式的朴质和热心,毫无某些读书人的酸腐。他一手筷头行草的绝活和有求必应的楹联创作,更使他与城乡百姓尤其是引车卖浆者流建立了天然的联系。下班之后,如果有了二两酒或一壶好茶,他也少不了朋友面前的天南海北放言无忌。我有幸是他当时私下里过从甚多的朋友之一,有幸从他那些坦诚交谈里获得了许多语文的知识和经验,算是补上了社会动乱给我耽误的部分课程。有一次,我在大会上发言的效果不佳,自己也有些沮丧。他事后及时把这一失败诊断为"体裁错误":该写成小品的,你居然作开了论文么。这话一语破的,至今留给我的印象很深。作为一种实践心得和临场判断的智慧,这种诊断能力不仅很难从一般课堂学取,在时下诸多博士和教授那里似乎也不多见。

我离开汨罗已有二十年,与锡龙偶有书信往来,但并无太多联系。近日读到他写的一些散文,倍觉亲切和欣喜。常常穿戴粗布套袖的他,在文书和楹联中毕其大半生,大概无意靠文字来轰动或传世,但他关于告别父母爬上大山远游求学的动人记忆,让我鼻酸;他关于潇洒看透权势与金钱的夫子自道,让我亮眼;他在文史、民俗、文字、思想时论等方面的拾遗补阙,为文明建设事业不可或缺的一砖一瓦,让我增长了不少见识。当然,这些文章里透出我熟悉的口气,熟悉的生活,熟悉的情怀,更使我的思绪不时飞向当年,飞向当年金黄色的油菜地,或大雪掩盖的乡间小路。在那条小路的尽头,在乡间某个黄泥小屋里,一盏闪闪飘忽的油灯之下,锡龙与我抽着最廉价的香烟对床夜语,有不知人间汉魏的飘然世外之感。待起身小便之时,忽听屋顶之上一只大鸟呼啦啦惊飞而去而不知所终。

我想,有那样的夜晚,一生便不再贫乏,也不再冷寂了吧。

1997 年 5 月

(此文为胡锡龙《村夫野语》序,湖南人民出版社)

佩索阿:一个不动的旅者

　　决定翻译这本书,是因为两年前去法国和荷兰,发现很多作家和批评家在谈论费尔南多·佩索阿(Fernando Pessoa)这个人,谈论这个欧洲文学界重要的新发现。我没读过此人的书,常闲在一边插不上话,不免有些怏怏。这样的情况遇得多了,自然生出一份好奇心,于是去书店一举买下他的三本著作,其中就有这本《惶然录》。

　　佩索阿是葡萄牙人,享年四十七岁,生前默默无闻,仅出版过一本书,1935年去世后始有诗名。这本书收集了他晚期的随笔作品,都是一些"仿日记"的片段体,其中大部分直到1982年才得以用葡萄牙文发表,进入其他大语种则是90年代的事了,如我手中的英文版直到1991年才与读者见面。原作者曾为这本书杜撰了一个名叫"伯纳多·索阿雷斯"的作者,与自己本名"费尔南多·佩索阿"的读音相近,并在卷首写了一篇介绍这位虚拟作者的短文,似乎索阿雷斯实有其人。

这当然不是有些先锋作家爱玩的"间离化"小噱头,倒是切合了原作者一贯的思想和感觉。他在这本书里多次谈到自己的分裂,谈到自己不仅仅是自己,自己是一个群体的组合,自己是自己的同者又是自己的异者,如此等等,那么他在自己身上发现一个"索阿雷斯",以他者的身份和视角来检视自己的写作,在这本书里寻求一种自我怀疑和自我对抗,就不难被人们理解了。

两个"索阿(SOA)"之间的一次长谈就这样展开。他(们)广泛关注那个时代的生命存在,也关注人类至今无法回避也无法终结的诸多困惑。读者不难看出,作者在随笔中的立场时有变化,有时候是一个精神化的人,把世界仅仅提纯为一种美丽的梦幻;有时候则成了一个物质化的人,连眼中的任何情人也只剩下无内涵的视觉性外表。有时候他是一位个人化的人,对任何人际交往和群体行动都满腹狐疑;有时候则成了一个社会化的人,连一只一晃而过的衣领都能向他展示出全社会的复杂经济过程。有时候他是一个贵族化的人,时常流露出对高雅上流社会乃至显赫王宫的神往;有时候则成了一个平民化的人,任何一个小人物的离别或死去都能让他深深地惊恐和悲伤。有时候他是一个科学化的人,甚至梦想着要发现有关心灵的化学反应公式;有时候则成了一个信仰化的人,一次次冒犯科学而对上帝在当代的废弃感到忧心忡忡……在这里,两个"索阿"没有向我们提供任何终极结论,只是一次次把自己逼向终极性绝境,以亲证人类心灵自我粉碎和自我重建的一个个可能性。

如果说这本书不过是自相矛盾,不知所云,当然是一种无谓的大惊小怪。优秀的作家常像一些高级的笨伯,一些非凡的痴人。较之于执着定规,他们的自相矛盾不过是智者的犹疑;较之于滔滔确论,他们的不知所云不过是诚者的审慎。其惊心动魄的自我紧张和对峙,不是每一个人都能轻易得到的内心奇观,更不是每一个人都敢于面对的精神挑战。身为公司小职员的佩索阿,就人生经历而言乏善可陈,用他自己的话来说,他是一个"不动的旅行者",除了深夜的独自幻想,连里斯本以外的地方都很少去。但他以卑微之躯处蜗居之室,竟一个人担当了全人类的精神责任,在悖逆交错的多个人文坐标下,始终如一地贯彻着他独立的勇敢、究诘的智慧、对人世万物深深关切的博大情怀。这是变中有恒,异中有同,是自相矛盾中的坚定,是不知所云中的明确。

正是这一种精神气质,正是这种一个人面向全世界的顽强突围,使佩索阿被当代评论家们誉为"欧洲现代主义的核心人物",以及"杰出的经典作家""最为动人的""最能深化人们心灵"的写作者等。即便他也有难以避免的局限性,即便他也有顾此失彼或以偏概全,但他不无苦行意味的思想风格,与时下商业消费主义潮流里诸多显赫而热闹的"先锋"和"前卫",还是拉开了足够的距离,形成了耐人寻味的参照。

《惶然录》是佩索阿的代表作之一,是一部曾经长时间散佚的作品,后来由众多佩索阿的研究专家收集整理而成。在这本中译本里,除圆圆号中的楷体文字为译者注解,圆括号里的宋体文字,以及方括号里空缺及其造成的文理中断,均为原作的原貌。各个章节的小标题,除一部分来源于原作,其余则为译者代拟,以方便读者目录查检。考虑到原著出自后人的整理(包括不同的整理),考虑到某些部分存在交叉性重复,这个中译本对英译本稍有选择——这是考虑到大多数读者也许同我一样,是对佩索阿感兴趣,而不是对有关他的版本研究更有兴趣。换句话说,这种再整理意在方便一般读者,若读者对原作全貌和整理过程更有兴趣,则不妨将这个节选本视为《惶然录》的入门。

　　最后要说的是,翻译非我所长,有时随手译下一点什么,作为读书的副业,是拾译家之遗漏,是为了让更多的人能分享阅读快感,交流读后心得,如此而已。故这个初版译本因译者功力所限,肯定难免错漏——但愿今后有更好的译者(比如西、葡语专家)来做这件事,做好这件事。这一天应为期不远。

1998 年 4 月

　　(此文为译著佩索阿《惶然录》跋,上海文艺出版社)

与遗忘抗争

与廖宗亮好些年没见面了。最近接到他的信，很高兴为他这一本作品集写序。

我翻阅他的部分书稿，发现其中有一篇竟是写我的，写某年寒冬我曾为他新生的孩子取名。我十分吃惊，对此事已毫无印象。

我能够记得他当年黑黑脸庞上的笑容，记得他敦厚的惊讶或焦急之貌，当然还记得我们曾一起渡过汨罗江，沿堤岸观看牛和飞鸟，坐在乡村小学的操场上看星斗与流萤，凑在他家昏黄的油灯下推敲诗歌和剧本……问题是，他是否还能记得起这些情景？是不是他也会对江边的某一头牛怎么也想不起来？

人的记忆很不可靠。我们的往事总是在遗忘中流散，被时间慢性谋杀，于是身后常常只留下一片空白。贵贱沉浮，冷暖忧乐，在这一片空白中当然都已经无从区别，于我们来说也就毫无意义。如果事情就是这样，那么一种向身后无限倾泻着空白的人生,与猪狗的状态,与痴傻者的状态,其实并无二致。这种失忆如果不造成迷狂错乱,倒会是生理学上的一件咄咄怪事。

正是从这个意义上来说,写作是对遗忘的抗争,是对往事的救赎,甚至是一种取消时间的胆大妄为——让难忘的一切转化为稿纸上的现时性事件,甚至在未来的书架上与我们一次次相逢。

只有在这一过程中,人性才能够获得记忆的烛照,才能够获得文明史的守护和引导。

本书作者在写作中珍藏、清理、复活自己的记忆:关于阴暗岁月里铭心的耻辱,关于清贫日子里访友的欢欣,关于沉醉高山流水时的物我两忘,关于观察一虫一草时的偶有所思……毫无疑问,他的笔迹实际上也是在编织一个精神世界,让自己在一个物欲横流的世俗现实中,再次寻求和确证人生的意义。

在这里,我不能说他的第一本集子已完成了这一点,也不能说他在体验、知识、写作技能等方面的局限不再构成他的障碍;恰恰相反,每一个写作者都面临漫漫长途,作为业余作家的他更是这样。但写作并不是一种历史丰碑预制活动,不是一种意在赢得喝彩的竞技表演,从最本质上说,写作是个人与自己的对话,是对自己记忆的咀嚼和消化,从而养育自己的未来,与他人并无太大关系。

我被他的记忆所打动,也为他记忆的富有而深感欣慰。

1999 年 6 月

（此文为廖宗亮《走出青青山》序,中国文史出版社）

71

老体裁遇到新世俗

在历史上，作家们曾是大众娱乐的供给方，因此每一种文学体裁都受到过道德家的歧视。

先是诗词歧视。古希腊人柏拉图曾经宣称，哲学与诗歌之间永远有"旧仇宿怨"，这正是中国道学家们"诗词害道"说的意思。宋代程颐指诗歌为"闲言语"，朱熹发誓"决不作诗"，连大诗人陆游也申明"文辞终与道相妨"，对自己写诗常加忏悔。

后有戏曲歧视。中国诗歌在唐宋后总算获得了正统地位，歧视对象便轮到了戏曲。元代的戏曲最为繁荣，但被当时最权威的典籍文库《四库全书》排斥在外，拒不述录。《西厢记》一类作品被儒士们视为"淫词艳曲"，连暗中神往的林黛玉一开始也要假惺惺地斥之为"混账话"，以示自己一身清白。这情形，如同当今优等女生为讨得教师和父母的欢心，便夸耀自己一心热爱数学和钢琴，不可招供玩了电游。

小说歧视的故事当然更长。清末王国维一改学界偏见，著戏曲研究多种，使戏曲终有高尚名分。于是京戏遂为"国戏"，政要巨商鸿儒纷纷以充当梨园票友为雅事。新文化主将郭沫若、田汉、曹禺、老舍等也多涉笔戏剧，让进步和革命的男女们把剧院入得更加放心。我当时随长辈去看戏，就有去博物馆或科技馆以继承严肃伟业之感。比较起来，当时的"小说"虽也在政策宽大之列，但仍有"小"的卑琐出身，而无"国说"之尊，仍让很多人暗暗存疑。比如"爱情""接吻""破鞋"一类让人心惊肉跳的直白字眼唯小说里可觅，于是孩子们在书包里藏一本这样的野书，大有前面所说林黛玉式的惴惴不安，算不上正大光明之举。

到 20 世纪结束，小说歧视基本上已得解除。但是从诗词到戏曲再到小说，诸多体裁所受道德歧视的一步步减压，其实也是这些体裁一步步告别盛期的过程，是大众的感官满足和欲望宣泄在这些体裁里一步步潮退的过程。这真是得中有失，乐中有忧，历史的辩证法竟如此无情。

文学本是俗事，以近俗、容俗、言俗为发达之本。然山外有山，俗外有俗，小说再怎么俗，一晃眼就已经俗不过商业化电子视听产品了。不久前，我去一个街头影视放映厅闲逛，发现一大群青年正拍椅子起哄，要求老板把王朔的一个作品换成香港"猛片"。我记得王朔多年前还被批评家指认为中国"俗"主，可仅仅时隔数年，他在这些观众眼里已太啰唆了，太正经了，太高雅了，太不怎么"猛"了，必须在起哄声中退场。可以想象，其他那些作家累人不浅的小说，更是热销地位渐失，娱乐功能锐减，不再成为大众文化主潮，差不多已成为无韵之宋词和无乐之元曲，有了青铜色彩和文物意味。古代道学家们倘若活到今天，面对声色迸放的电游、MTV、动作片和色情片，恐怕是宁可让子女们正襟危坐大读小说的。

小说不大能追得上世俗化的更新换代，小说即便浓妆艳抹，也渐多沉静和端庄的面容，这是小说的不幸还是小说的大幸？

时运交移，质文代变。小说当然不会消失，盛期已过的诗词和戏曲也依然有用武之地，足以使我们宽心。不过就大体而言，小说的功能弹性，并不能取消体裁特点对作者的制约。这个形式选择内容的道理，只要想一想用七律来做广告的别扭，用京剧来唱星球大战的荒唐，用胡琴来拉爵士和摇滚的力不从心，大概就不难体会。这就是说，小说不是什么都能做的。小说可以多变，却无法万能。每一种体裁都有所长也有所短，都有审美能量的特定蕴积，因此便有这种能量的喷发或衰竭之时，非人力所能强制。这也意味着，随着社会生活的流变，随着一些新兴媒介手段不可阻挡地出现，每一种体裁都可能悄悄地出现角色位移，比如从青春移为成熟，从叛逆移为守护，或者从中心移向边缘。

小说家们呼风唤雨的时代已远，小说的"边缘化"越来越多地成为业内话题，这当然与人类的感官开发和欲望升级有关。可以设想,也许要不了多久,更为新潮的大众文化产品——包括直接植入大脑和肉体的娱乐芯片便可轻易跨越技术障碍,被商家们一一推向市场,连电影电视都很快会沦为夕阳产业。这难道不是已见端倪的前景么?老体裁总要遇到新世俗,炫目的现代化正使一切文化成规迅速地过时和出局,正使人们被自己的欲望驱赶得气喘吁吁而不知所终。这是一个小说曾经为之前驱和呼唤的时代,也是一个小说正在因此而滑入困顿的时代。今天的小说,能否避免昨日宋词和元曲的命运?

或者问题应该是这样:面对这种可能的命运——

小说还能够做什么?

小说还应该做什么?

1999 年 12 月

(此文为"末路狂花——世纪末小说系列"总序,花山文艺出版社)

一个守约者

　　所谓七七级是"文革"结束后最早考进大学的群体，也是比较特殊的一届。同学们中除了少数高中应届的娃娃生，大多带着胡须或面皱，是来自农村、工厂、军营的大哥大嫂甚至大叔大婶。人人都有苦斗血泪，个个都有江湖功夫。这种高龄化使校园里多了一些沧桑感，于文科教学来说则不像是坏事。先读生活这本大书，再来读教材这本小书，七七级眼中的字字句句也许就多了些沉重。

　　我与本书作者杨晓萍就是这一届的同学，考进了同一所大学，分配在同一个班，同一个小组。岳麓山下，枫林似火，四年的同窗岁月现在回想起来恍若一梦。印象里，她在组里同学中年龄偏小，身体也弱，却是一种热情开朗和急公好义的高能物质，声音很占地方，公共事务中多有她的存在。她发动群众扶贫济困，主持公道惩恶纠顽，自然也少不了登台献艺载歌载舞，有一次跳出木偶舞,给我很深的印象。

毕业前夕,全组同学在我家临别聚会,约定五年后的同月同日再来这里相见。说实话,这一浪漫约定并没有被所有的人当真,或者很快被多数人在忙碌日子里忘却。对于散布在天南海北的同学们来说,这一规划大概也确实难以实行。但五年后的敲门声还是响起来了,不是邮递员上门,也不是左邻右舍来访,而是一张风尘仆仆的笑脸出现在门口,让我吃了一惊。

说实话,我也把这件事忘了,好半天才明白她冒出来的理由。

只有杨晓萍没有忘。只有她一个人来了,越过漫长的时光,越过山山水水,从遥远南方来到我所在的城市,赶赴一个同学们差不多都忘却了的约定。她孤零零离开我家的时候,踏几缕斜阳,想必心中一片黯然。

如果有人问:什么是文学? 那么我想说:这就是文学。文学不是大学里的教科书和繁多考题,不是什么知识和理论。从本质上说,文学是人间的温暖,是遥远的惦念,是生活中突然冒出来的惊讶和感叹,是脚下寂寞的小道和众人都忘却了的一个微不足道的约定。在一个越来越物质化、消费化、功利化的时代,这样的东西越来越稀缺罕见,却也越来越珍贵。

五年之后又是五年,我因工作需要移居海南,七七级同学都不常见面了。即使碰上有些热热闹闹的大型重聚活动,那些名录册里关于官职或学位的显目标注,那些从来都属于资助者或成功者的讲台,总是让我找不到多少同学的感觉,更找不到多少文学的感觉。我常在这种场合搜寻缺席的人影,包括杨晓萍。幸好,最近接到了她的电话,又读到了她的文章,算是知道了一点她后来的情况。当年我目送她背影远去的时候,我就知道她心中是能够生长出文学来的,是能够生长出诚挚和智慧的,这甚至不需要用什么出版物来加以证明。我甚至想说,当出版更多受到市场或权力的制约,更多关涉到稿酬、名声、职称、官位,一句话,当文学越来越像一门产业时,书本里的文学倒可能流失殆尽。

这值得一切写作者悉心警觉。

尽管如此,我还是为杨晓萍的新作感到高兴。我希望同学们都能读到这本书。我们这些失约者,也许可以通过这本书把她多年前那次扑空的来访,永远接纳在我们深夜的灯下,接纳在我们的心里。

1999 年 12 月

(此文为杨晓萍《枫叶红了》序,花城出版社)

给孩子们一条建议

　　了解作家们的当代写作,从这种前沿性写作中获取经验,增强自己在语言把握、结构营造、意旨提炼、情感表达等方面的能力,对于青少年来说确有必要。湖南少年儿童出版社编印这本《当代作家短文示范精品》,对于小读者们来说很有意义。

　　当然,写作并无绝对真理,再优秀的作家也不是什么不可逾越的高峰,再精美的文章也不是什么不可超越的极限。人皆有短长,文皆有得失,因此小读者面对范文,大可不必顶礼膜拜,更不必亦步亦趋,而应养成一种独立分析的习惯,好的就取而学之,不好的就弃而戒之,使自己对前人写作有一种多角度把握。

　　这样做并不是要对作家吹毛求疵,更不是与前人们较劲从而虚构自我的优越。正如古人说:不知其短,焉知其长。知其短是知其长的必要条件,正如阴影是光明的必要条件。发现作家们笔下的不足,或者说还可以改进的空间,其实是为了更好地领会和学习他们,也是对前辈们最可靠的尊敬。

因此,我常劝一些小读者,一方面要悉心揣摩范文的长处,另一方面又不妨去敏锐发现作家们笔下一切可增删、可修改、可润色的地方,甚至不妨当一当小老师或小编辑,试着去改一改范文。能改一字就改一字,能改一句就改一句,能改一段就改一段,看能不能改得更有意思。这种修改其实可作为作文训练的一个重要项目,即便改糟了也不要紧——改糟了同样能得到宝贵心得。

学习的目的不是复制,而是创造,是服务于创造的鉴赏和判断——而这一切只能在比较、选择、尝试、验证、推敲、斟酌的实践过程中才能真正完成。换句话说,那种不别精粗和不分高下的囫囵吞枣,那种见名人就全面崇拜和全面模仿的鹦鹉学舌,只能与有效的学习背道而驰。那种对范文只讲优点,不讲缺点,只准盲目叫好,不准大胆质疑,结果总是把范文讲得枯燥乏味,像一道致人两眼昏眩手足无措的强光,掩盖了范文的真实面目,也扼杀了学生们对好作品可能有的亲近和热爱。

文有法,却无定法;文有范,却无恒范。这是我们读各种范文时务必胸中有数的大前提。小读者们,上面这两句话可能不大好懂,却是值得我们背诵下来并且永远牢记在心的。

2001 年 3 月

(此文为《当代作家短文示范精品》序,湖南少年儿童出版社)

知识危机的突围者

作为一个琢磨文学的人，当一个经济学的合格读者尚且不易，为一本经济学论文集作序当然更是十分不合适。抱愧地说，我缺乏相应的知识准备来评价这本书里的观点和思路，还有背景和影响。

好在这些文章并不都是为专业读者而写的，好在经济学本身关乎大众的世俗生存，是一门社会性很强的知识，一般来说常常透出日常生活的体温。一个普通读者即使不熟悉某些术语，仍可大体感受到字里行间的亲切或冷漠、坚实或虚浮、准确或紊乱，甚至用鼻子一嗅，就不难判断这些说道能否与自己的经验接轨。很长一段时间以来，有些理论家越来越多文字的空转和语言的迷宫，是必要的高深还是无根的病相？说是谈中国，但有英国公式而没有中国农民佝偻的背影，有美国概念而没有中国工人汗渍的气味，有某种学术规范所要求的大堆图表、引证、注释、索引，却永远没有中国老百姓的惊讶、迷惑以及一声叹息。这种从书本到书本再到书本的中国经济操典,岂能不让人生疑?

"读万卷书行万里路",为诸多前辈所尊崇,在现代却继之不易。一个现代学者可能是这样生存的:从小学到中学到大学再到博士后,除了偶有假日旅游,几乎大半辈子都封闭在语词和书卷里,然后有了高薪、轿车、网球、出国签证以及高尚社区寓所。他们研究军事却可能从未经历战火,研究政治却可能从未斩获政绩,研究经济却可能从未在车间、农田、工地、货栈、股市、海关那里摸爬滚打,甚至从未独立地赚过一分钱。英国著名学者 D.莫里斯说过:将军一旦可以远在后方,一旦不再直面鲜血和尸体,是否会使战争变得更加轻率和残酷?这一悬问其实点破了现代知识的严重危机:不仅仅是理论正在远离实践,而且理论者正在更多地受制于利益分配区位的局限。

知识是生活的产物。丰富多样的当代中国正在孕育人类新的大知识和大学问。作为一个具有独特而深厚文化传统的国家,一个资源、人口、地理、历史等国情条件迥异于西方的国家,中国这个庞然大物卷入了现代化和全球化的进程,正盛产各种新的经验和新的想象,使无论欧美左派或右派的思想遗产,都无法准确描述这样一个发展中大国的现实。这是一个正常的空白,也是知识界千载难逢的机会。人类新思想和新学术的增长点之一,最可能出现在这里而不是在别处,最可能出现在中国、印度、非洲等这些沉默之地,而不是某些案头的精装译本里。可惜并不是所有学者都敏感了这一点。可惜现代知识体制和现代生活模式常常阻碍某些人看到这一点。对于这些人来说,迈开两腿、出身臭汗、走出书卷局限和身份束缚是很困难的。他们的真理永远在别人的嘴上,在流行和强势的话语那里。他们宁愿鹦鹉学舌,一万遍重复"买跌不买涨"的所谓一般需求定律,而无法像本书作者那样,在一个服装厂那里发现靠涨价反而促销的另一种真实;他们宁愿邯郸学步,一万次重复所谓"边际效用递减"的一般满足公式,而无法像本书作者那样,在一个富有的收藏家和一个饥饿的打工者之间,发现了价值的曲变,发现理论的断裂,发现了经济学后面深深隐藏着的利益制约和文化制约——因此一个生活领域里的真知一旦进入另一个生活领域,就完全失效(见本书内文)。他们似乎并不缺少知识,比方昨天曾熟悉报纸上的莫斯科,比方今天正熟悉电视里的纽约曼哈顿,他们对自己身边的穷乡僻壤和穷街陋巷却总是盲视。在这种情况下,除了折腾一些空转和迷宫,他们还能说出些什么?

卢周来在这本文集里奔波于社会的各区域和各阶层,出入于古今中外的各种学理和感受,知行相济,道术相成,展现了一位中国年轻学者知识创新的勃勃生机和闪闪锐锋。我再说一遍,我几乎无法具体评价他的成果,而只是信赖他的治学态度。我相信,作为现代知识危机的突围者之一,周来与他的众多同道者一起,正在做一件大事,一件继往开来于人间正道的大事。

因此,他的理论求索无论长短得失都弥足珍贵。

2002 年 1 月

（此文为卢周来《穷人经济学》序,上海文艺出版社）

找回南洋

　　海南岛在汉代已设置郡县,并入中央帝国的版图,但仍是"天高皇帝远",与中原的关系处于若即若离和时密时疏的状态,于是才有南北朝冼夫人率一千多黎洞归顺朝廷的故事。没有疏离,何来归顺?

　　北宋以后,在蒙古、突厥等北方游牧民族板块的挤压之下,华夏文明中心由黄河流域向长江流域转移,帝国对海南的控制和渗透渐次加强。特别是从明朝开始的大批移民,沿东南沿海推进,渡过琼州海峡,汉人群落在海南形成了主导地位。"闽南语系"覆盖闽南、台湾、潮汕以及海南,给这一次移民留下了明显的历史遗痕。丘浚、海瑞等一批儒臣,后来都是在闽南语的氛围里得以成长。

　　至此,海南最终完成了对华夏的融入,成为中原文化十分重要的向南延伸。但观察海南,仅仅指出这一点并不够。处于一个特殊的地缘区位,海南与东南亚相邻与相望,与南洋文化迎头相撞,同样伏有南洋文化的血脉。所谓"南洋",就大体而言,"南"者,华夏之南也,意涉岭南沿海以及东南亚的广阔地域,其主体部分又可名为"泛印度支那",即印度与支那(China,中国)的混合,源自南亚的伊斯兰教与源自东亚的儒学在这里交集并存,包括深眼窝与高颧骨等马来人种的脸型,显然也是印度人与中国人在这里混血的产物。至于"洋",海洋也,从海路传入的欧洲文化也,在中国人的现代词汇里特指16世纪以后的西风东渐,既包括荷兰、西班牙、葡萄牙等第一批海洋帝国的文化输入,也包括英国、法国、德国等第二批海洋帝国的文化输入。"洋火""洋油""洋葱""洋灰(水泥)"等,就是这一历史过程留下的各种新词,很早就被南洋居民们习用。

眼下从中原来到海南,人们会常常发现岛上风物土中寓"洋"。街市上的骑楼,有明显的欧陆出身,大概是先辈侨民从海外带回的建筑样式。排球运动的普及,同样有明显的欧陆烙印,以至文昌县为全国著名的"排球之乡",几乎男女老少都熟悉这种洋体育,对太极拳与少林拳倒是较为陌生。还有语言:"老爸茶"频频出现于海南媒体,但明眼人一看便知"爸"是 bar 的误译。体育习语如"卖波(我的球)""奥洒(球出界)",当然也分别是 my ball 与 out side 的音译。如有人从事跨语际比较研究,肯定还可在海南方言中找到更多隐藏着的英语、法语、荷兰语——虽然它

86

们在到达海南之前,可能经过了南洋各地的二传甚至三传,离原初形态相去甚远。

有些历史教科书曾断言中国在鸦片战争以前一直"闭关锁国",其实这种结论完全无视了汉、唐、元、明等朝代的"国际化"盛况,即使只是特指明、清两朝,也仅仅适合于中原内地,不适合同属于中国的东南沿海。当年郑和下西洋,并非一个孤立的奇迹,其基础与背景是这一地区一直在进行大规模的越洋移民,一直在对外进行大规模的文化交流和商业交往,并且与东南亚人民共同营构了巨大的"南洋"。据说海南有三百多万侨胞散居海外(另说为五百多万),足见当年"对外开放"的力度之大,以至于现在还有些海南人,对马尼拉、新加坡、曼谷、西贡的街巷如数家珍,却不一定知道王府井在何处。

南洋以外还有东洋,即日本与高丽。两"洋"之地大多近海,其中相当大一部分,曾是中央帝国朝贡体系中的外围,受帝国羁制较少,又有对外开放的地理条件和心理传统,自然成为 16 世纪以后亚洲现代化转型的排头兵。在很长一段历史时期内,在西方的"民族国家(nation-state)"理念广为流播之前,亚洲多数国家的管辖边界和主权定位并不怎么清晰,海关、央行、国籍管理等诸多国家体制要件尚未成熟,以至于中、越两国的海陆边界到 20 世纪末才得以勘定签约。在这种情况下,孙中山先生领导的民主主义革命最初以南洋为基地,是一件再自然不过的事情。这场革命以改造中国乃至亚洲为目标，但最初完全依赖南洋的思想文化潮流、资金募集、人才准备，几乎就是南洋经济和文化所孕育出来的政治表达——海南的宋氏家族以及黄埔军校里一千多海南子弟，自然成为革命旗下活跃的身影，其倡导现代化的纷纭万象，非后来的海南人所能想象。南洋人民相互"跨国革命"的现象也屡见不鲜，侨民们穿针引线和里应外合，新派人士天下一家，与法国大革命以后欧洲的各国联动颇为相似，直到反美的"印支战争"期间仍余绪未绝，比如在胡志明的人生故事里，国界就十分模糊。

不过，"民族国家"的强化趋势不可遏止。以蒋介石为代表的江浙资产阶级，以毛泽东为代表的湘川农民大众，成为革命的主力，是中国现代史上后来的情节。这是孙中山革命阵营的进一步扩大，是从南洋开始的革命获得了中原这个更大的舞台，当然也是中国革命者们"民族国家"理念初步成型的表现。有意思的是，作为一个象征性细节，孙中山先生正是在获取内地各种革命资源之后，才放弃了文明棍、拿破仑帽、西装革履等典型的南洋侨服，创造了更接近中国口味的"中山装"。他肯定有一种直觉：穿着那种南洋侨服，走进南京或北京是不方便的。也就是从这时开始，随着民族国家体制的普遍推广，东方巨龙真正醒过来了，只不过这一巨龙逐渐被分解成中国龙、越南龙、泰国龙以及亚洲其他小龙。九龙闹水，有喜有忧。印尼、马来西亚、越南等地后来一再发生恐怖的排华浪潮，而中国岭南地区的很多革命者，也曾在"里通

88

外国""地方主义""南洋宗派主义"一类罪名下,多次受到错误政治运动的整肃。作为一个民间性的共同体,"南洋"已不复存在。"南洋"不再是一个温暖的概念,而是一段越来越遥远并且被人们怯于回忆的过去。

南洋历史,南洋与中原的互动历史,还有南洋与中原互动历史对现代中国的影响,其实都是了解中国与世界的重要课题——其研究需要更多人力投入。眼下,随着欧洲殖民主义从香港和澳门最终撤走,随着"10+1"(东南亚十国加中国)互助蓝图的展现,随着经济跨国化与文化全球化的大浪汹涌,重提"南洋"恐怕并非多余。

这并不是要缅怀往日中央帝国的朝贡体系,而是在民族主义与国家主义之外,获得一种人类共同体多重化与多样化的知识视野——还有善待邻人与远人的胸怀。

2003 年 3 月

(此文为蔡葩《有多少优雅可以重现》序,山东画报出版社)

序跋之二

心学的长与短

孔见是一个比较温和的人，有时甚至退避人后沉默寡言，对世事远远地打量与省察，活得像影子一样不露形迹。但他笔下文字奇象竞出，学涉东西，思接今古，一行行指向时空的宽阔和深远，让人不免有些惊奇。

从他这些文字里，可以看出他的学识蕴积，但他不愿有冬烘学究的生吞活剥；可以看出他的文学修炼，但他无意于浪漫文士的善感多愁；可以看出他的现实关切，但他似乎力图与世俗红尘保持一定距离，不会在那里一脚踏得很深；还可以看出他的精神苦斗，但他大多时候保持一种低飞和近航的姿态，谨防自己在信仰或逻辑的幻境里迷失，一再适时地从险域退出，最终停靠于安全而温暖的日常家园。于是他的文字有一种亲切和从容的风格，举重若轻，化繁为简，就像朋友之间的随意聊天。即便有深意，有险句，也多藏于不动声色之处，成为一种用心而不刻意的自然分泌,一种深思熟虑以后的淡定与平常。

孔见锁定了一些高难度的人生逼问,把自己抛入一片片古老的思想战场,关于生命的意义,关于知识的可能,关于道德与事功,关于幸福与死亡……这些逼问历经数千年人类文明而仍无最终谜底示众,于是在一个竞相逐利的工业化和市场化时代里,如果没有被人遗忘,就可能致人茫然或疯魔。但孔见是一个披挂着现代经验和现代知识的古老骑士,顽强地延续着人类对人生智慧极限的挑战,也是对自己理解能力的挑战。

在一般的知识谱系里,这些悬问是虚学而非实学,属于上帝而不属于恺撒,在一个越来越务实的知识界那里日渐处于边缘位置,其正当性正在被经济、社会、历史等学科的诸多人士怀疑。但作者所遭遇的逼问人皆有之,在当下甚至人皆累之,正是经济、社会、历史等方面深刻运动的产物,本身就是实学不可忽略的部分。而离开了这一切心灵的牵挂,忽略了人类精神运行的坐标和轨迹,任何经济、社会、历史等方面的知识都只适用于机器人,无法描述活生生的生命实践,没有理由值得人们特别信任。孔子从"洒扫应对"通向他的治国安邦,是以人为本的;柏拉图视人格为"内在政治制度(inner political system)",从人格剖析开始他的社会设计,甚至是以心为本的——这些先贤在求知中内外并举虚实相济,并不像某些后人想象的那样幼稚。

当然,世上没有抽象而普适的人,没有抽象而普适的心,就像形形色色的病以外并没有一种标准化的"病"。青年之我异于老年之我,富人之我异于穷人之我,连婴儿也有遗传差异,并无统一规格。如果剥离了具体人心形成过程中经济、社会、历史等方面的制约因素,寻求一种放之四海或放之万世而皆准的"我",只能是一种常见的语言事故——无非是"我"这个词让人真以为有了这样一个东西,可以将其抽出来孤立地求解,可以将其供起来放心地依恃。事实上,各归其"我"的抚慰万能亦无能,虽然用心向善,却无助于揭示和排除任何人生疑难。有人已经这样做过。他们才智过人心志远大,于是求解生命终极之 being(所是,所在),求解一切知识的元知识,一切学科的元学科,如同要谋得一个包治百病的药方,结果无不滑入迷宫般的 nonbeing(虚,虚无)。这一类语言事故发生在本质主义的思路上,是虚学最容易落入的陷阱。他们如果没有成为西方式的神学家,囿于一种专断的虚无;就会成为中国式的玄学家,溺于一种圆通的虚无。而纵欲主义、实用主义、物质主义、科学主义等并不能因此得到理性地克服,甚至恰恰成为这些神学和玄学的必然变体。原因很简单,除非自杀,虚无是无法操作的——当心灵独守虚无之际,一旦进入社会行为的操作,这份虚无就一无所用了,心灵就自动缺席和弃守了,让位于世俗的随波逐流乃至无所不为,是最可能的结局。

盛产神学的地方多见偏执和战争,盛产玄学的地方多见苟且和腐败,这样的例子还少吗? 这是迄今为止人类历史提供的启示。

　　因此,人心之学如果是必要的话,如果能够更为成熟和坚实的话,应更善于在具体现实条件下展开问题和解决问题,更善于将经济、社会、历史等学科知识援入人生思辨,从而将终极关怀落实为现实方案,使天道真正实现于人间,所谓良医"因病立方"和圣人"因事立言"是之谓也。出于特定的知识资源和个人喜好,孔见这些文章里还残留一些神学和玄学的传统表述方式,颇有商榷的余地,但也从不被我过于在意。他心事浩茫所针对的现实处境和现实对象,还有在切入这些处境和对象时相关的精神标尺,也许更值得我们会心地解读。

2003 年 6 月

（此文为孔见《赤贫的精神》序,中国人民大学出版社）

为语言招魂

学语言,其实是最简易之事。一个人可能学不好数学,学不好哲学,学不好园艺或烹调,但只要没有生理残障,又有足够的时间投入,再笨,也能跟着姥姥或邻童学出流利的言语。即便是学外语,一般也不需要什么特殊的天赋和才华,你把几百个或几千个小时砸进去,何愁不能换上一条纯正的伦敦皇家之舌?

自上世纪 80 年代以来,中国加速现代化建设,出现了举国上下的英语热。近两亿学生娃娃哗啦啦大读英语,热得也许有点过了头,在英语发展史上也算罕见的奇观。但英语热了多年,有些中国人一旦用英语,还是挠头抓腮,半生不熟,有七没八,上不着天下不着地,于是自觉愚笨无比——其实,这种自惭也过了头。

英语难学至少有以下原因:

汉语以方块字为书写形式,是一种表意语言,与英语一类表音语言有天然区隔,在历史上风马牛不相及,长期绝缘,基质大异,各有痼习和定规。比较而言,印欧语系虽然品种繁多,但同出一源,其中有拉丁语一分为多,有日耳曼语一分为多,分家兄弟仍分享着几分相似的容颜,是大同小异或明异暗同。此后,英语在英伦三岛上形成,作为"三次入侵和一次文化革命"的产物,被丹尼尔·笛福(Daniel Defoe)视为"罗马/撒克逊/丹麦/诺曼人"的共同创造,其中包括了日耳曼与拉丁两大语流的别后重逢,可视为发生在欧洲边地的远亲联姻。由此不难理解,英语虽为混血之物,仍承续着印欧语系的自家血脉,与各个亲缘语种有千丝万缕的联系。一位南欧或中欧人学习英语,或多或少仍有亲近熟悉之便,不似中国人一眼望去举目无亲毫无依傍,没有进入的凭借。

另一方面,汉语曾被沙漠和高山局限在东亚,是16世纪以后一个民族逐渐沦入虚弱时的语言,虽有一份恒定与单纯,却缺乏在全球扩张的机会。可以比较的是,英语凭借不列颠帝国和美利坚超级大国的两代强势,在长达近三百年的时段内,由水手、士兵、商人、传教士、总督、跨国公司、好莱坞影片、BBC广播、微软电脑软件等推向了全球,一度覆盖了和仍在覆盖着世界上的辽阔版图。在这一过程中,物种一经遗传就难免变异,规模一旦庞大就可能瓦解。英语离开母土而远走他乡,实现跨地域、跨民族、跨文化的结果,竟是变得五花八门和各行其是。尽管"女王英语"通过广播、字典、教科书等,仍在努力坚守标准和维系破局,但不同自然条件、生活方式以及社会形态的有力推动,使散布在欧、美、澳、非、亚的各种英语变体,还是无可挽回地渐行渐远。到最后,世界上不再有什么标准英语,只有事实上"复数的英语"——包括作为母语和作为第二语的各式英语,包括贫困民族和贫困阶层那里各种半合法的"破英语"。高达五十万的英语词汇量,比汉字总量多出十几倍,就是分裂化带来的超大化,大得让人绝望。一个英美奇才尚无望将其一网打尽,中国的学习者们又岂能没有力不从心的沮丧?

更重要的是,生活是语言之母,任何绕过相应生活经历的语言学习必定事倍功半。当英语仅仅作为一门外语时,在学习者那里常常只是纸上的符号,无法链接心中的往事,于是类似没有爱情的一纸婚书,没有岁月的一本日历,庭院房屋已经消失的一个住址,没有生命感觉的注入,不是活的语言。学习者们不一定知道,英语中所有寻常和反常的语言现象,不是天上掉下来的,不过都是历史的自然遗痕。在过去的十几个世纪里,英语是先民游牧的语言,是海盗征战的语言,是都市和市民阶层顽强崛起的语言,是美洲殖民地里劳动和战争的语言,是澳洲流犯、南洋商人以及加勒比海地区混血家庭的语言,是南非和印度民族主义运动的政治语言,是资本主义技术精英在硅谷发动信息革命的机器语言……中国人置身于遥远的农耕文明,没有亲历这诸多故事,对英语自然少不了经验障碍;如果对这一切又没有足够的知识追补,真正进入英语无异于缘木求鱼。

正是在这个意义上,对于一切学习英语的人来说,眼前这本《英语的故事》十分重要。作者罗伯特·麦克拉姆(Robert Mc-Crum)等人给学习者们提供了必要的补课。它拒绝语言学中的技术主义和工具主义,从语言中破译生活,以生活来注解语言,用一种近似语言考古学的态度,将读者引入历史深处,其细心周到的考察,生动明快的笔触,恢复了语言与生活的原生关系,重现了语言背后的生存处境和表达依据,使一个个看似呆板和枯燥的词语起死回生。这是一本为词典找回脉跳、体温以及表情的书,是为语言学招魂的书。它甚至不仅仅是一本语言史,而是以英语为线索,检索了英语所网结的全部生态史、生活史、社会史、政治史、文化史,在史学领域也有不可替代的重要地位。

文化史当然包括了文学史——读过此书之后,像我这样的文学读者,对莎士比亚、詹姆斯·乔伊斯、惠特曼等西方作家想必也会有新的发现和理解,对一般文学史里的诸多疑团可能会有意外的恍然大悟。

因此,在一个中国全面开放的时代,一切对西方有兴趣的读者,一切知识必须涉外的学者、记者、商人、教师、官员以及政治家,都能从这本书中获益,都能透过英语之镜对西方文明获得更加逼近和入微的观察。

本书的译者欧阳昱,长期旅居英语国家,是一个诗人兼小说家,有汉语写作和英语写作的丰富经验,在此书的翻译中经常音意双求,源流兼顾,形神并举,有一些译法上别开生面和饶有趣味的独创,颇费了一番心血。个别词语如"币造(coin)"(原意为币,引申为生造或杜撰),出于词汇上援西入中的良苦用心,虽不易被有些读者接受,却也不失勇敢探索之功,为进一步的切磋提供了基础。

2004 年 2 月

(此文为欧阳昱译著《英语的故事》序,百花文艺出版社)

归家的温暖

　　当水泥和钢材在世界上任何一个地方都能繁殖出彼此相似的高楼、道路、超市以及加油站，各种地貌特征逐渐模糊和消失，我们的家乡记忆还何以寄托？当一种物质化的个人主义态度，正逐渐割断人与历史的关系，人与群体的关系，使任何家园都被换算成开发和经营的数据，不过是计算器上一笔笔商业价值，我们还有什么理由要对家乡保持特别的思念？在这种情况下，现代文明使我们富裕和强大，却可能把我们从日常情理中连根拔起，在精神上无家可归。

　　作为一个定居农耕民族，中国一直以家庭为价值基点——家族只是这一概念的延展，家乡则是这一概念的再延展。叶落归根，游子悲乡，美不美家乡水，亲不亲故乡人……众多有关家乡的词语都浸透了一种动人情感，在世界文化之林中并不常见。比如那些从欧洲走向美洲、澳洲、非洲的亿万移民，习惯了马背或航

102

船,多少带有喜迁乐游的性格,目光总是投向前方而不是身后。其中有多少人能像中国人一样常常惦记家乡、歌颂家乡、投资建设家乡,乃至愿意回迁和终老家乡? 老华侨们千里寻根的故事,我们能在其他国度听到多少?

对于很多中国人来说,家乡是乡土、乡亲、乡谊、乡俗的生动舞台,也是秘藏情感记忆的一片重要矿脉。那一片祖居之地,总是使怀古追远的意境油然而生。那一片生养之地,总是使和亲睦邻的气氛扑面而来。中国传统文化中的历史感和群体感也许原产于斯,并且在世界文明交汇中,至今仍默默释放出恒久而强大的磁吸能量。事实上,家乡是一个人走向世界的入口,也是人们把握世界的坐标轴心。不可想象,一个对过去缺乏关切的人,对未来能有多少担当;一个对脚下这片土地冷漠的人,对遥远异乡的土地能有多少热情——这个世界确有很多美丽丰饶之地,人们完全可以移居这个星球的任何地方,并没有特别的理由一定要固守热土一隅;但一个没有家乡情怀的人,一个永远在忙碌追逐而无暇回望的人,不管到了哪里,大概都只有欲望的漂流,而缺失爱愿的方位。

一个社会化和全球化的进程,正在使安土重迁不合时宜,家族裙带和地方壁垒一类旧习也行将瓦解。中国人的定居农耕文明因其滞重和衰老,不得不接受浴火再生的阵痛,包括接受现代生活对家乡这一概念的洗刷。但这一洗刷如果意味着家乡的取

103

消,意味着疲惫心灵对乡土、乡亲、乡谊、乡俗不再感光和留影,事情则变得有些可疑。文明以人为本,不是以物为本,因此人的情感、人的审美、人的心灵皈依仍有不可或缺的重要地位。

作为一个灵敏测点,家乡也许仍可继续为我们测出文明的品格。正是在这个意义上,家乡是现代文明反思的起点之一,因此它不是一个向后看的话题,而是一个向前看的话题;不是一曲怀旧者的挽歌,而是一个进取者的自我逼问。

由湖南省汨罗市文联组织的这一次"汨罗美,家乡美"征文,历时一年多,佳作迭出,华章满目,是一次生动活泼的群众文化活动,也是现代化进程之下众多心灵苏醒之后的一次激情相聚。我有幸以汨罗为第二家乡,又有幸阅读了这次征文的部分作品,再一次感受到了归家的温暖。

2004 年 8 月

（此文为湖南省汨罗市文联征文集《汨罗美,家乡美》序）

重新生活

写小说是重新生活的一种方式。

小说作者与其他人一样,经历着即用即废的一次性生命。但小说作者与其他人又不一样,可在纸上回头再活一遍,让时间停止和倒回,在记忆的任意一个落点让日子重新启动,于是年迈者重历青春,孤独者重历友爱,智巧者重历幼稚,消沉者重历豪迈。

因为小说,过去的时光还可以提速或缓行,变成回忆者眼里的匆匆掠过或流连忘返;往日的身影和场景还可以微缩或放大,在回忆者心里忽略不计或纤毫毕现。从这一点上来说,重新生活也是修改生活和再造生活,是回忆者们不甘于生命的一次性,不甘于人生草图即人生定案的可恶规则,一心违抗命运的草草从事,力图在生活结束后再造另一种可能,就像拿着已经用过的一张废车票,在始发站再一次混进车厢里远行。

捏着废车票再一次获准登车旅行,让世界上所有的人生废车

105

票在一个想象的世界里多次生效——这就是小说写作及其阅读的特权。

收集在这本集子里的,是笔者的一些中短篇小说,也是笔者在重新生活时不得不多看两眼和多待一刻的驿地。这里只有一些凡人小事,在这个浮嚣的时代没有什么特别之处。但如果笔者在这里补上一些端详或者一些远眺,添入一些聆听或者一些触摸,作者的第二生命就已经上路。哪怕是一条隐没在大山里的羊肠小路,也可能在这里焕然一新和别有风光,其陌生气息吓自己一大跳。

小说于我有什么特别重大的意义吗?比方说小说能够果腹和暖身吗?能够取代政治、经济、法律、宗教、哲学以及新闻吗?恐怕不能,恐怕很难。但小说至少能弥补过去的疏忽和盲目,或者说,至少能洞开一种新的过去,使我增收更多惴惴于心的发现,增收一种更加有意义和有趣味的生活。我对此已感激不尽。如果读者们能从中分享到一丝微笑或一声叹息,我更有理由感到心满意足。

2005 年 3 月

(此文为小说集《报告政府》自序,作家出版社)

行动者的启示录

从此就记住了这样一个作者的名字:阿宝。

从此就知道身旁又多了一个这样的人:在沉沦的时代奋进,在迷乱的时代清醒,在侏儒的时代做孤胆英雄。

事情发生在海峡对岸的群山之中,在一片累积雾珠、云影、鸟音、落叶以及静静月光的山坡谷地。一位现代知识女性寻求环保农业的可能,历时数载,独身躬耕,披荆斩棘,摩顶放踵,只为了用一颗心灵来亲证真理,使文明的价值变得可以触摸和抓握,不再是高谈阔论者的概念和符号。

她带回了一本科学的书。虫鸟、草木、水土、建筑、果农技术等,在这里都得到了细致的检验和研究,不失为第一手的宝贵知识。其图文配合的教科书样式,更透出作者的认真、严谨以及耐心。如果我们要深度了解自然,完全可以把这本书带在身边,当作野外作业时小小的百科指南。

她带回了一本文学的书。山野生活的细致镂刻,涉世感受的灵动速写,一再受挫时的情节多变,山水放怀时的诗意凝沉,都使这本书成为充满情趣的散文和小说,成为现代社会的牧歌。哪怕是书中一段议论体的穿插,其文字也大多挟风带雨,明快甚至凌厉,不时迸溅出感觉的光点,让我们一次次动心。

　　她带回的这本书还是尖锐和炽热的人文哲学。当现代化、全球化、市场化、资本化的洪流淹没一切,环境问题既绷紧了人与自然的关系,更绷紧了人与人的社会关系,正在出现深重的恶变。各种强势话语致人昏昏,构成了危机本身的一部分。在这种情况下,作者从繁荣中看到剥削,从发展中看到亏损,从优雅中看到杀戮,从科学中看到偏执和欺诳,甚至从贫弱者那里看到了与权势者同构相仿的心理倒影。她并没有高调的精神洁癖。相反,正因为她投身最底层和最前沿的实践,每一步都纠缠着自省下的道德两难。也许,只有把自己逼入这样的两难,一个人才能真正体会出历史的丰富与诡异,才能分辨出必要的代价和强加的代价,诚实的正义和虚夸的正义。

　　其实,她带回的不是什么书,而是无法用体裁和学科来分解的血肉生命,是一个知识游侠成败荣辱皆成文章的说了就干。六年前,我移居中国南方一个山村,在那里盖了一栋房子,每年大约有半年时间在那里种菜,养鸡,植树,结交农友,参与一些乡村建设。在读到这本《讨山记》之后,我才知道此山远非彼山,才知道世上还有更多猛士的背影足以令我欣喜,也令我惭愧,催我更加坚定和奋发。

无论在哪个时代,真理永远只是"心身之学"而非"口舌之学",无行之知不为知也。这个时代不会比以往任何一个时代困难更多或困难更少。区别只在于,这个时代比以往时代更多一些真理的面具,论坛、著述、文凭、学衔以及项目的申报与评审,常常使求知者陷入暗中逐利的知识迷局。因此,求知之道在于言辞更在于行动,在于说法更在于活法,常常只取决于求知者能否收拾行囊走向实践,能否走向充满着尘土、汗水以及伤痛的长途。

从这个意义上说,这本书是行动者的启示录。

2005 年 7 月

(此文为阿宝《讨山记》序,湖南文艺出版社)

"文革"为何结束

    对于"文革"产生的原因,社会主流似乎已有共识。有人会提到中国的专制主义传统,还有人会提到斯大林主义的影响,并上溯俄国大革命和法国大革命的是非功过。更多的人可能不会这样麻烦和耐心,干脆把"文革"归咎于"权力斗争"或"全民发疯",一句话就打发掉。

    我们暂不评说这些结论,但不妨换上另一个问题:"文革"为何结束?

    既然反思了"产生",就不能回避"结束"。既然产生是有原因的,那么结束也必有原因。如西方某些人士断言,凡暴政不可能自动退出历史舞台,必以武力除之——这就是当今美英发动伊拉克战争的逻辑。但通常被视为暴政的"文革"看来在这一逻辑之外。因为"文革"既不像晚清王朝结束于各地造反,也不像二战时期日本军国政府结束于外国军队的占领。粉碎"四人帮"基本上未放一枪,整个过程还算和平。标志着彻底结束"文革"的中共十一届三中全会,只是依托一场有关"真理标准"的大讨论,在一两次会议中完成了实权转移,过渡可谓平稳。这就是说,结束"文革"是成本很低的一次自我更新。

其原因是什么?如果说是"权力斗争"和"全民发疯",那么这一切为何偏偏在这一刻停止?如果说是"专制主义"或"斯大林主义",那么这些东西为何恰好在这一刻失灵?它们是被什么力量克服而且如何被克服?

任何转折都有赖于社会大势的缘聚则生和水到渠成。个人作用在历史进程中诚然重要,但对于一个体积庞大的国家来说,其相对的效用概率必定微小,换人(领袖去世等)的小变并不一定带来改制的大变。即便是改制,也需要更多相关基础条件的配置,甚至离不开某一项生产技术的悄悄革新。比如说,如果没有上世纪 70 年代前期"大化肥"和"小化肥"的系统布局建设,没有以红旗渠为代表的全国大规模农田水利建设,没有以杂交水稻为代表的良种研发和推广,纵有后来意义重大的联产承包责任制,恐怕也难有足够的农产品剩余。那么肉票、布票、粮票的相继取消,还有后来城镇人口的剧增和市场经济的骤兴,恐怕都难以想象——这一类大事不容忽略。

但这里只说及思想政治层面的两点:

新思潮的诞生

1976年以"四五"运动为代表的全国抗议大潮,不是从天上掉下来的,而是民意的厚积薄发,显现出"文革"大势已去。在此之前,1973年广州李一哲的大字报呼吁民主,1974年张天民等人就电影《创业》问题"告御状",矛头直指思想文化专制——此类体制内外不同的抗争早已多见。从近年来一些最新披露的资料来看,当时全国各地都活跃着众多异端思想群落,如北京有郭路生(食指)等人组成的文学团体(见多多文),在上海(见宋永毅文)、湖北(见王绍光文)、河南(见朱学勤文)、四川(见徐友渔文)、贵州(见钱理群文)等地,则有各种地下"读书小组"从事政治和社会的批判性思考。陈益南先生著《青春无痕——一个工人的十年"文革"》,也提供了一份生动而翔实的亲历性见证,记录了一些工人造反派的心路历程,记录了他们思想上的迷惘和最终清醒。这些都显示出,当年天安门事件并非孤立事件,其背后有广阔而深厚的民间思想解放运动,色彩各异的思想者组成了地火运行。

新思潮以民主、自由、法制、人道、社会公正等为价值核心,其产生大致有三种情形:

一是"逆反型",表现为硬抵抗。在"文革"的极权体制和政治狂热之下，遇罗克、张志新、林昭、刘少奇、贺龙、彭德怀一类冤假错案屡屡发生，人权灾难层出不穷，迫使很多人投入对政治和社会体制的反思。包括共产党内不少高层人士，在"文革"前曾是各种政治运动的信奉者与追随者，习惯于服从权力指挥棒，只是因自己后来身受其害，有了切肤之痛和铭心之辱，才有各种沉重的问号涌上心头。胡耀邦后来成为"民主"的党内倡导者，周扬后来成为"人道主义"的党内倡导者，显然与他们的蒙难经历有关。

二是"疏离型"，表现为软抵抗。当时没有直接受到政治迫害的更多人，也对"文革"隔膜日深和怀疑日增，是因为"文革"妨碍了他们的个人生活欲望。这些人一般没有强烈政治意识和直接政治行为，但对"文革"形成了更为广泛而巨大的价值离心力。70年代中期出现了青年们"革命还俗"后的"自学热""艺术热"乃至"家具热"——上海品牌的手表和自行车也被市民们热烈寻购。湖南著名的"幸福团"由一些干部子弟组成，寻欢作乐，放浪不羁，听爵士乐，跳交谊舞，打架斗殴甚至调戏女性。作家王朔在《阳光灿烂的日子》里描写的一伙军干子弟，也接近这种个人主义、颓废主义、虚无主义的状态。这证明即使在当时执政营垒的内部，禁欲教条也被打破，世俗兴趣逐步回暖，加速了"文革"的动摇和解体。

三是"继承型"，即表现为对"文革"中某些积极因素的借助、变通以及利用。"文革"是一个极其复杂的历史现象，从总体上说,具有革命理想和极权体制互为交杂和逐步消长的特征,二者一直形成内在的紧张和频繁的震荡,使解放与禁锢都有异常的高峰表现。1966年,毛泽东在主要政敌失势后仍然发起运动,是"权力斗争"说难以解释的。他倡导"继续革命"和"造反有理","发动广大群众来揭发我们的黑暗面",在随后两年里甚至使大部分国民享受了高度的结社自由,言论自由,全国串联,基层自治,虽最终目标至今让人疑惑不解和争议不休,但民主激进化程度足以让西方望尘莫及。他的政策进退失据,反复无常,越来越陷入极权弊端的困锁,但就全社会而言,反叛精神和平等目标的合法性还是得到了暧昧的延续,如大字报等手段获得法律保护,"反潮流"精神得到政策鼓励。这一极为矛盾的状态和过程,给结束"文革"留下了活口。回荡着《国际歌》声的"四五"运动,不过是历史向前多走了半步,是"造反有理"的变体。

从这一点看,"文革"不同于一般的极权化整肃,比如1968年全国大乱被叫停后,异端思潮仍在全国范围内继续活跃与高涨,与50年代末期"反右"后的万马齐喑大有区别。同是从这一点看,对"文革"的反对,也不同于一般的西方式民主,比如新思潮并不是对BBC(英国广播公司)或者VOA(美国之音)的照搬,亦无中产阶级作为社会支撑,而是一种根植于中国历史和现实中的中国特产。遇罗克、李一哲、杨曦光(杨小凯)、张志扬等知名异端人物的经历证明,他们既有"逆反型"状态,从"文革"中获得了负面的经验资源；又有"继承型"状态，从"文革"中获得了正面的思想资源——在他们的各种文本中，红卫兵或造反派的身份背景隐约可见，马克思列宁主义的理论遗传明显可见。

正因为此，有很多研究者认为"文革"中没有民主，至少没有真正的民主，所有造反不过是在服从中央"战略部署"，异端思潮也往往带有红色的话语胎记。这些说法不无道理。不过历史从来不是发生在无菌箱里，民主从来没有标准范本。俄国叶卡捷琳娜的启蒙，是有专制前提的启蒙。法国拿破仑的改革，是有专制前提的改革。人们并没有因此而一笔勾销历史，并没有对他们的启蒙或改革视而不见。古希腊的民主制与奴隶制两位一体，从来都不乏劣迹和伤痛，但后人并没有说那不是民主。"文革"其实也是这样，"尊王奉旨"是一方面，革命旗号之下的一题多做和一名多实，作为某些书生很难看懂的历史常态，是不可忽略的另一方面。在这后一方面，反叛精神和平等目标既然有了合法性，就固化成一种全社会的心理大势，如同一列狂奔的列车，脱出极权轨道并非没有可能。回顾当时众多异端人士，我们即使用西方某些最傲慢和最挑剔的眼光，也不能因为他们有一个红色胎记，就判定他们与民主无缘。

"文革"结束多年后，市场化进程中冒出很多群体事件。工人们或农民们高举毛泽东的画像，大唱革命时代的歌曲，抗议有些地方的贫富分化和权力腐败，怀念着以前那种领导与群众之间收入差别很小的日子,甚至是粮票一样多和布票一样多的日子。作为"文革"的遗产之一,这种"怀旧"现象引起了广泛争议,很难被简单化地全盘肯定或全盘否定。也许,这种"后文革"时代社会思潮的多义性,在一定程度上也正好重现了"文革"时代社会思潮的多义性,为我们留下了一面检测历史的后视镜。

旧营垒的复位

"文革"中的某些激进派曾抱怨毛泽东没有"彻底砸烂旧的国家机器",对"官僚主义阶级"过于软弱和姑息(见杨小凯1967年文)。这从反面泄露出一个事实:由党政官员以及大多数知识分子组成的上层精英群体,当时虽受到了重挫,但并没有消灭,甚至没有出局。事实上,正像陈益南在书中描写的那样,在1968年到1969年全国恢复秩序之际,受到冲击的党政官员在各级"三结合"的权力重组中构成了实际性主体,并没有全部下台。即使是下台的党政官员和知识分子,在1972年后,经过一段时间下放劳动,也大多陆续恢复工作,重新进入了国家机器。这些富有政治能量和文化能量的群体得以幸存,是日后结束"文革"的重要条件。

20世纪是"极端年代"(史学家霍布斯鲍姆语),冷战政治双方都具有多疑、狂热以及血腥的风格。苏联当局在大肃反期间先后处决了中央委员和候补委员中的大半,苏军元帅的大半,还有苏军其他高官的大半,包括十五名军区司令中的十三名,八十五名军级干部中的五十七名。60 年代的印尼政变受美国、英国、澳大利亚官方的支持,先后共屠杀了近百万左翼人士,光是美国驻印尼大使亲手圈定的捕杀对象就多达数千。街头的割头示众时有所见,军人与穆斯林极端组织联手,在两年之内每天至少杀害共产党嫌疑分子一千五百人。① 作为这个血淋淋世纪的一部分,中国的"文革"也出现大量非正常减员。一时间人命如草,一部分是国家暴力所为,一部分是国家失控时的民间暴力所为——二者共同构成了极权化过程中最黑暗和最血腥的一页。

不过,就大面积情况而言,混乱与血腥并不是当时事实的全部。红卫兵"联动"等组织的打杀行为受到了司法追究,广西、湖南等地个别农村的打杀风潮被军队紧急制止弹压——这一类故事并非不值一提。一大批精英恢复名誉(如陈毅等),或恢复权力(如邓小平、万里、胡耀邦等),也并不是发生在"文革"终结之后。这些有别于苏联和印尼的现象,这种有生力量的大批保全甚至奇妙复出,是受益于革命时期"不虐待俘虏"的政策传统延续? 抑或也得助于中国社会深层"中庸""和合"的柔性文化传统? ……这

---

① 见澳大利亚《悉尼晨报》1999 年 7 月间 Mike Head 的连续报道文章及档案材料公布。

些问题对于史家而言,也许不能说多余。

"要文斗不要武斗""团结干部和群众两个百分之九十五""一个不杀大部不抓"等,是针对这些人的官方律令。有意思的是,在多年来的主流性"文革"叙事中,这些律令在有些地方、有些时候的名存实亡被大量泼墨,在有些地方、有些时候的大体有效却很少落笔入文。正如同样是 20 世纪的史实,苏联的红色恐怖几乎家喻户晓,而印尼的白色恐怖却销声匿迹——这很难说是舆论的正常。其实,基本事实之一是:如果中国也成了苏联或印尼,如果邓小平等高层人士像季诺维也夫、加米涅夫、托洛茨基、布哈林、皮达可夫一样死于杀戮,或者被某个外国大使圈入捕杀名单,他们后来就不可能成批量地出山,结束"文革"的时间就必定大大后延。

从事后回忆看,上层精英们谈得最多的"文革"经历是"下放"——这包括党政官员和知识分子贬入下层任职,或者直接到农村、工厂、"五七干校"参加学习和劳动。约两千万知青上山下乡也是与此相关的放大性安排。

"下放"无疑具有惩罚功能。当事人的社会地位降低,还有歧视、侮辱、恐惧、困苦、家人离散、专业荒废等伤害也往往随之而来。这种经历大多逼出了当事人对"文革"合理的怨恨,成为他们日后投入抗争的心理根源。可以想象,当这些人冤屈满腔时,专案组的阴冷和大字报的专横是他们的唯一视野。自己曾一度追随潮流投身批斗的壮志豪情,不一定能长存于他们的记忆。至于合作医疗、教育普及、文化下乡、自力更生、艰苦奋斗等革命亮点,更难进入他们的兴奋。这里有回忆视角的逐步位移和定向,不易被后人察觉。

在另一方面,除了少数人遭遇遣返回乡或拘捕入狱,就标准定义下的"下放"者而言,其绝大多数保留干籍和党籍,保留全薪甚至高薪——这在当事人后来的回忆录中都有不经意的泄露,但不一定成为他们乐意讲述的话题。对比《往事并不如烟》一书中受难者们忙着化妆、看戏、赴宴、吃西餐、坐享专车等"往事",此时的厄运当然已经够苦了,但这种"下放"毕竟还不太像严酷惩罚。在更大范围里,灰溜溜的大多数"下放"者仍然不失民众的几分尊敬、几分羡慕、几分巴结乃至嫉妒。他们仍然构成了潜在的社会主流,不过是在重获权力之前,经历了一次冷冻,接受了一次深入底层的短期教育。当局似乎想以此调整社会阶层结构,强迫上层精英与下层民众融合,尝试革命化的"五七道路"——在一次已经失败的民主"大跃进"以后,这无异于又来一次削尊抑贵的民粹"大跃进",在世界史的范围内同样令人目瞪口呆。

与当局的估计相反,民众对革命并无持久感恩的义务,倒是对极权的弊端日渐厌倦与不满,物质和文化欲求也与禁欲化的强国路线尖锐冲突。民众不但没有使"下放"者受到拥护"文革"的再教育,反而给他们输入了怀疑和抵触现实的勇气。"下放"所带来的丰富经验,更使他们在日后抗争中富有生机活力。以文学为例:作家们在批判"文革"的文学解冻中,大多有"为民请命"的姿态,即便是个人化表达,也多与农民、工人、基层干部心意共鸣,显示出广阔的人间关怀。即便这种关怀夹杂个人情绪,但它至少把下层民众始终当作了同情、感激、崇敬、怀念的对象,就像电影《牧马人》表述的那样。这与90年代以后文学中较为普遍的自恋和冷漠,形成了明显对照。90年代的批判似乎还是批判,但"下放"过程中所积蓄的思想情感一旦释放完毕,有些精英兴冲冲的目光就只能聚焦粉面和卧房,回望门第和权位,对"最后的贵族"一类话题津津乐道,甚至在报刊上制作出喜儿嫁大春是错失致富良机的笑料——他们情不自禁地把社会等级制重建当作辉煌目标,与民众的阶层鸿沟正在形成。显然,事情到了这一步,与"文革"后期那些与民众紧密结盟的"下放"者相比,这些精英的批判是否正在变味、走形乃至南辕北辙?倘若他们所向往的阶层鸿沟进一步扩大,倘若摆脱极权主义的锁链,只是要让社会大多数落入极金主义的囚笼,那么民众对革命乃至"文革"的怀念冲动会不会如期到来?

执政当局曾低估了民众的不满,低估了精英们屈从姿态后面的不满,以历史上罕见的"下放"运动加速了自己的失败。当精英从民众那里一批批归来,当他们的名字开始陆续重现于报刊和会议,"文革"的反对派实际上已经出炉成剑,形成了体制内的力量优势,而且遍布政治、经济、文化、科技、教育、外交等各种重要岗位。此时新思潮已经入场,新中有旧。旧营垒已经复位,旧中有新。各种社会条件出现了复杂的重组,貌似强大的"文革"已成残破的蛹壳。1974年后的"批林批孔"和"反击右倾翻案风"力不从心,到处受到阳奉阴违的抵制,已预示一个朦胧若现的结局。一旦时机到来,改革领袖就可以顺从和借重民意,以实现中国的四个现代化为号召,以"四五"运动为依托,第一打民意牌,第二打实践牌,从而形成马克思主义化的巨大道德威权和政治攻势。

在这一过程中,他们没有另起炉灶,而是利用现存制度资源和制度路径。比方逮捕"四人帮"和挫败上海方面的割据图谋,是利用"下级服从上级"的集权原则——华国锋是当时最高领导,全党全军全国都得服从。比如召开十一届三中全会,则依据"少数服从多数"的民主原则——"凡是派"尽管掌握了党、政、军几乎所有的最高职位,但不得不尊重全会多数人的意志,向务实改革派交出实权。

这一套"民主集中制",是一种时而集权时而民主的弹性做法,与其说是制度,不如说更像是制度未成品,有时甚至不过是应急运动,是经验的随机把握。如果说它曾被有效地用来应对过救亡和革命,但未能阻止"文革"的发生,最终还出现了强权化和极端化的恶变,让人们余悸难泯和暗虑难消。因此,旧营垒在成功结束危机后,如果还要继续往前走,承担一个人口大国全面振兴的历史使命，就不得不面对制度建设和制度创新的巨大难题。

这个难题留给了未来。

结语：不难理喻的"文革"

对"文革"的简单化叙事积重难返。很多新生代和外国人被某些"伤痕"式作品洗脑后，说起中国的"文革"，只能倒抽一口冷气，摇头瞪眼地惊叹"不可理喻"。这恰好证明当今主流性"文革"叙事的失败。理喻是什么？理喻就是认识。我们需要自然科学，正是因为自然科学能把种种不可理喻的自然现象解说得可以理喻。我们需要人文社会科学，正是因为人文社会科学能把种种不可理喻的人文社会现象揭示得可以理喻——我们绝不可把"文革"越说越奇，越说越怪，越说越不可理喻，再把这个认识黑洞当作自己大获成功的勋章。

"文革"是上十亿大活人真实存在的十年，是各种事变都有特定条件和内在逻辑从而有其大概率的十年，绝不是一堆荒唐的疯人院病历。只要不强加偏见，只要不扭曲记忆，一个贫穷大国急切发展中的多灾多难，就不会比我们身边任何一个交通事故更难于理解，不会比我们身边任何一位亲人或邻居更难于体会——从根本上说，他们非神非妖，"文革"就是由这些活生生的人来参与和推动，并最终予以怀疑和终结的。今天，"文革"已结束近三十

122

年了,已退到可供人们清晰观察的恰当距离了。我们需要更多作者来拓展和丰富对"文革"的叙事,还"文革"一个不难理喻的面貌。这样做,可能会增加批判"文革"的难度,但只会使批判更加准确和有力,成为真正的批判。

彻底否定"文革"是多年来的官方政策和主流观念,自有不算恩怨细账和调整全局战略的好处。换句话说,这种否定如果意在根除极权体制及其弊端,那么再怎样"彻底"也许都不为过。即使当事人有点情绪化,也属于人之常情。但这样做,如果只意味着迁就于思维懒惰,意味着划定学术禁区,对十年往事格讳勿论、格禁勿论、格骂勿论,那么一种妖化加神化的两极叙事,必会造成巨大的认识混乱和认识隐患。十年中与极权关系不大的事物(如惠民的创制和强国的建设),对极权给予磨损、阻滞、演变、克服的事物(如启蒙的民主和革命),就可能成为连同病毒一起灭亡的宝贵生命,而结束"文革"的生动过程和历史意义就会永远空缺。这种历史上似曾相识的偏执论竞赛并不光荣。它不仅会给某些空幻和夸张的红色"怀旧"之潮伏下诱因,更会使人们在西方冷战意识形态面前未战先乱,自我封嘴,盲目跟潮,丧失自主实践的能力。

正是在这个意义上,"文革"长久处于不可理喻的状态,就会成为一截粗大的绝缘体,无法接通过去与未来。这块绝缘体一定会妨碍人们认识"文革"前的半个世纪——"文革"就是从那里逐渐生长出来的;也一定会妨碍人们认识"文革"后近三十年的改革开放——"文革"是后续历史不可更换的母胎,孕育出后来各种出人意料的成功和突如其来的危机。

当中国正成为一个世界性热门话题,"文革"是绕不过去的,更不应成为 20 世纪以来国情认知迷宫前的一把锈锁。

2005 年 7 月

(此文为陈益南《青春无痕——一个工人的十年"文革"》序,香港中文大学出版社)

小说是"重工业"

　　自己写过些小说，不免对这种体裁有些偏爱，总觉得小说既是文学体裁之一，又不失为文学的基础产业，就像素描在美术中的地位，田径在体育中的地位，重工业在工业中的地位。

　　这并不是说小说特别优越。其实，好小说往往有诗的品格，也往往有散文的手法自由和意态平实。甚至可以说，一个好小说家必是诗和散文的知音，总是善于从其他体裁那里获取营养，不断从其他工种那里得到启发。我就曾在好几次会议上，呼吁年轻的小说家向诗人跨界学习。

　　但营造人物与情节，讲求叙事的精细和厚重，构成了小说与其他体裁美学公约数以后的剩余，即小说不可取消的特点。那么什么是人物？人物就是生活的主体。什么是情节？情节就是生活的过程。作为对人类生活的表现，文学如果失去了对生活主体与生活过程的近距离、多方位、高强度、大规模的形象产出，绕过了人物与情节这两大要件,当然就有主要功能的缺失,怎么说,也会留下致命的虚浮和残损。

也许正因为这一点,自从纸张与印刷技术得到普及,小说在大多时候总是构成文学市场里的主要产品,小说家一般来说也总是成为作家群体中的多数。只要翻一翻中外各种文学获奖作品目录,我们大概不难知道这一色彩斑斓的事实。有人说诗歌是文学的少年,散文是文学的老年,而小说自然就是文学的壮年了。从这个喻义上来说,一个人不可没有青春期的激情,也不可没有老成期的通达,但人世艰辛常常还靠年富力强的一辈来肩负——这也许就是小说不可推卸的文学中坚之责。

我所供职的海南省作家协会,从一开始就破除旧体制,未设置专业作家岗位。作家们一律业余化,下班以后再进入书房。这有利于作家们扎根社会生活,但对于小说(尤其是中、长篇小说)写作这种时间和精力的高耗型作业,又可能造成了一些困难。这便是海南小说创作更需要支持的理由。始于上世纪90年代的"海南作家丛书"在南海出版公司的大力支持下推出,先后出版了三十多本,就是以小说新作为主的,意在为小说家们提供更多园地。最近,"海岸文丛"一套十六本小说集,由海南省作家协会编选,在南海出版公司的再度支持下推出,也是为了进一步展示海南小说创作成果,为小说家们提供新的支撑和助力。

我相信,这里的小说家们各有长短,各有精粗,但他们共同呈现出来的丰沃感受、独特见识、灵巧技艺,将使读者们获得难忘的阅读经验,展示出海南文学远航一片更为明丽和辽阔的水域。

我们为他们拉响致敬和送行的汽笛。

2005 年 8 月

(此文为海南省小说创作丛书"海岸文丛"总序,南海出版公司)

语言之外还有什么

敬文东先生兼事小说与理论,在这本理论里不免流露出小说家的余兴和积习,不时冒出比喻的嗜好、形容的冲动、戏说与大话的口吻,差不多上演了一出理论脱口秀,或是说书人嘴里的章回哲学。

令人捏一把汗的是,这位说书人选择了一个艰深得不能再艰深的话本,玄奥得不能再玄奥的回目——向"话语拜物教"发起挑战。

自西方学界的"语言学转向"以来,人们发现世界只能在语言中呈现,主流哲学因此几成语言学、文本学、话语学。但大破诸多存在幻象之后,很多人也兴冲冲一头扑进了语言囚笼。他们的理由是:既然对不可言说的东西只能闭嘴,那么文本之外一无所有,连假定的客观真实也缺乏依据和毫无意义。这样,在他们那里,世界开始消失,镜片而不是景物成了观测对象,耳膜而不是声音成了倾听对象,传统定义下的自在之物如果偶尔还被谈及,却已渐失人间气息,渐失触感和重量,眼看就要坠入虚无黑洞。

我理解敬文东此时的不安,包括他对某些同路人的敏锐生疑。在他看来,同样不安的那些人虽然重提社会与历史,摆出了一种针对话语崇拜的另类姿态,但他们的社会与历史仍限于纸面叙事,只是一些符号和修辞的浮影,其反叛无异于窝里斗,体制内造反,以逆子之名行孝子之实——这种疑问同样深得我心。

事实上,"窝里斗"本身就是社会与历史的产物,也只有在社会与历史的背景里方可得到辨认。时值现代社会,一时间院校猛增,印刷机狂转,书本知识爆炸,科层化与专业化一统天下,白领与蓝领的社会鸿沟日深……这些活生生的现实事件,使大多文科雇员只能寄生于文本,呼吸于文本,想象历史和社会于文本。对于这些文本生物而言,真要从文本的十面埋伏中杀出一条血路,谈何容易!尤其是某些长期浸淫于西方逻各斯传统的一根筋人士,若想一步跳出自己的肉身,谈何容易!

话语崇拜教差不多就是校园产物,是文本过剩时代的产物,却并非纸老虎一只。需要自警的是,如果我们没法找到非语言的认知通道,没法找到超逻辑的实证坐标,没法测出隐在文本纵深的实在之基,实在之根,实在之重力,那么一不留神同样会深陷话语迷阵,不一定比我们的对手走得更远。

在这里,敬文东承受的压力可想而知。

他尽力充分准备——这表现在他对各种理论资源，尤其是现代西学资源的广泛涉猎和梳理。他尽力周到谋略——这表现在他在笔下稳打稳扎，瞻前顾后，细心布局，重阵推进，哪怕在某些细节里死缠烂打也在所不辞。他当然还有乾坤独断一往无前的气概——这表现在他不吝赞许也不避挑剔，大胆学习也大胆怀疑，时时活跃着一个独立的大脑，与各种学术经典平等过招，从严对练，即便在光环闪烁的前辈面前，也有六经注我的大志，决不心虚和腿软。我匆匆读完此书以后的感觉，是胆大后生竟一个人发动了淮海战役或平津战役，一心要面对人类的千年难题立言，要在存在论和认识论的神圣王国里再度立法，其志不可不赞，其创新的活力不可不奇。

在一百多年来西学东渐的单向运动格局里，这种宽幅和深度的反思并不多见。至于他是否赢得了这场战争，或者说他斩获了什么又丧失了什么，其装备有何优越又有何缺陷，其战法有何成功又有何失误，其攻势在何处强劲有力又在何处虚弱不支，……这一切尚需行家们事后仔细评点，非此处一篇短序所能详叙。作为友人之一，我从这本书里得到很多启发，也有不少问题需要向作者讨教、商榷以及争辩，只能留待日后饶舌。重要的是，提出问题就是解决问题的开始，着手行动才有赢得胜利的可能，敬文东已置身于知识危机的突围前沿，已奋不顾身跃出掩体，投入了一次文本深处的求真之旅，一场重新为人类找回真知与真相的方法之争、智识之争、意义与价值之争。

在我看来,面对一个人文知识界越来越无根化和空心化的时代,这一场意义深远的世纪之战无可回避。

愿有更多的志士前来关注和参与。

2006 年 8 月

(此文为敬文东《随贝格尔号出游》序,河南大学出版社)

修订的理由

我投入文学写作已三十年。回顾身后这些零散足迹，不免常有惶愧之感。以我当年浓厚的理科兴趣和自学成果，当一个工程师或医生大概是顺理成章的人生前景。如果不是"文革"造成的命运抛掷，我是不大可能滑入写作这条路的。

我自以为缺乏为文的禀赋，也不大相信文学的神力，拿起笔来不过是别无选择，应运而为，不过是心存某种积郁和隐痛，难舍某种长念和深愿，便口无遮拦地不平则鸣。我把自己的观察、经验、想象、感觉与思考录之以笔，以求叩问和接通他人的灵魂，却常常觉得力不从心，有时候甚至不知这种纸上饶舌有何意义。人过中年的我，不时羡慕工程师或医生的职业——如果以漫长三十年的光阴来架桥修路或救死扶伤，是否比当一个作家更有坚实的惠人之效？

我从事写作、编辑、翻译的这三十年，正是文学十分艰难和困惑的时期。一是数千年之未有的社会大变局,带来了经济、政治、伦理、习俗、思潮的广泛震荡和深度裂变,失序甚至无名的现实状况常常让人无所适从。二是以电子技术和媒体市场为要点的文化大变局,粉碎了近千年来大体恒稳的传统和常规,文学的内容、形式、功能、受众、批评标准、传播方式等各个环节,都卷入了可逆与不可逆的交织性多重变化,使一个写作者常在革新和投机、坚守和迂愚之间,不易做出是非的明察,更不易实现富有活力的选择和反应。身逢其乱,我无法回避这些变局,或者说应该庆幸自己遭遇了这样的变局,就像一个水手总算碰上了值得一搏的狂风巨浪。

积累在这个文集里的作品不过是记录了自己在风浪中的一再挣扎,虽无甚可观,却也许可为后人审思,从中取得一些教训。

精神的彼岸还很遥远,在地平线之下的某个地方。我之所以还在写下去,是因为不愿放弃和背叛,还因为自己已无法回到三十年前,如此而已。

这套文集收入了我的主要作品,占发表总量的七成左右。借此次结集出版机会,我对其中部分作品做出了修订。

所涉及的情况,大致可分为三种:

一是恢复性的。上世纪 70 年代末期以来,中国内地的出版审查尺度有一个逐步放宽的过程,作者自主权一开始并不是很充分。有些时候,特别是在文学解冻初期,有些报刊编辑出于某种顾忌,经常强求作者大删大改,甚至越俎代庖地直接动手——还不包括版面不够时的相机剪裁。这些作品发表时的七折八扣并非作者所愿,在今天看来更属历史遗憾,理应得到可能的原貌恢复。

二是解释性的。中国现实生活的快速变化,带来公共语境的频繁更易。有些十年或二十年前的常用语,如"四类分子""生产队""公社""工分""家庭成分"等,现在已让很多人费解。"大哥大""的确良"一类特定时期的俗称,如继续保留也会造成后人的阅读障碍。为了方便代际沟通,我对某些过时用语给予了适当的变更,或者在保留原文的前提下略加解释性文字。

三是修补性的。翻看自己旧作,我少有满意的时候,常有重写一遍的冲动。但真要这样做,精力与时间不允许,篡改历史轨迹是否正当和必要,也是一个疑问。因此在此次修订过程中,笔者大体保持旧作原貌,只是针对某些刺眼的缺失做一些适当修补。有时写得顺手,写得兴起,使个别旧作出现局部的较大变化,也不是不可能的。据说俄国作家托尔斯泰把《复活》重写了好几遍,变化出短、中、长篇的不同版本。中国作家不常下这种功夫,但如遇到去芜存菁和补旧如新的良机,白白放过也许并不是一种对读者负责的态度。

感谢人民文学出版社热情支持这一套文集的出版。感谢文友东超、单正平等多次对拙作给予文字勘误。还应感谢三十年来启发、感动、支持过我的各位亲人、师友以及广大人民。

2007 年 7 月

（此文为九卷本"韩少功系列作品集"总自序，人民文学出版社）

空谈比无知更糟

　　这是一个精神病高发的时代,有关惊人数据一次次被刷新。究其原因,不仅可归为人际冷漠、贫富分化、竞争过度等社会问题——就像众多专家说的那样;还可能是因为意见过于拥挤与纷乱。精神病就是心智乱。既然是"多元化"了,甚至"怎样都行"了,那么事情就开始变得麻烦。一个学生娃应该当个好孩子还是坏孩子,而且什么是"好",什么叫"坏","好"要好到哪个份儿上,"坏"要坏到什么程度……光是这些追问,就足以让很多人头大。

　　更遑论历史、宗教、艺术、国家、革命等宏大议题,几乎都是各说纷纭和各有其据的迷局。

　　传统社会渐渐远去,价值观相对统一而稳定的时代从此不再,人们的惶惑迷茫数不胜数。一个活在当代的人,常把敬畏当愚蠢,视服从为丑闻,于是缺乏上帝或圣人的引领,耳朵里又无时无刻不充塞着喧沸众声,比如被脸书、推特、微博、微信之类追逼得手忙脚乱。如果没有能力消化分歧看法和对立观念,就如同在狂饮暴食之际没有一个好胃,最可能生病;又如海量文件接入电脑之时没有一个好CPU,最可能死机——越来越多的精神事故,大概都爆发在"多元化"这一片雷区。

在这种情况下,读书求知其实面临着高风险,不会比原始部落里的风险更少。为了降低这种风险,我们也许需要一点辩证方法,需要善解是中之非和非中之是,更准确地说,是看到什么条件下"是"可以成"非",而什么条件下"非"可以为"是"。这样,我们才能避免攥一把万能标签胡乱贴,而善于在知识迷局中去粗取精,趋利避害,总揽全局,统驭各方,不至于从"多元化"的狂欢滑入"虚无化"的泥沼。同样是为了降低风险,读书也许更需要实践的检验与激活,需要我们从日常经验和社会行动中汲取活力,恢复各种词句的现实体温,还原知识与人生的真切联系。这样,我们才能从语词的无限掩埋下杀出一条生路,把书读活,读通,读踏实,读出活生生的人,读出人与生活的智慧,摆脱那种从书本到书本再到书本的泡沫化膨胀,不至于沦为空谈化的"知道分子"。

博闻广识一旦变成了空谈,其实比无知更糟。

韩国与中国,虽有制度与发展道路的差异,但两国互为近邻,共享传统,也一同面对全球化与信息化时代的各种知识难题,无异于别后重逢的同桌学友,散后复聚的并肩旅伴,当然需要思想的分享,需要双方知识界相互的帮助和支撑。感谢韩国青于蓝出

137

版社的热心,感谢译者白云池的辛劳,感谢白永瑞先生的鼓励和崔元植先生的推荐,初版于十多年前的拙作《阅读的年轮》这次将在韩国面世,可望得到韩国读者们的批评和指教,也使韩国读者对邻国的思想文化状况略多一些了解。

因为这一点,我深感荣幸之至。

2008 年 2 月

(此文为韩文版《阅读的年轮》自序,韩国青于蓝出版社)

治学的道与理

本科毕业以后,觉得自己英文太烂,我经常骑着脚踏车回母校去外语系旁听。其时谢少波先生正在那里执教,给过我不少方便,还定期为我私下辅导,是一位难得的良师益友。我们在杂乱破旧的教工宿舍楼里曾醉心于英文的诗歌与小说,共享湘江之滨一个文学梦。

稍感意外的是,他出国留学和工作以后,由文学而文化,由文化而历史与社会,成为一个视野日益广阔的研究者和批评家,近年来更是活跃在国际学界,对一系列重大议题常有忠直发言,是全球性文化抗争中的一名狙击手和爆破手,一位挑战各种意识形态主潮的思想义侠。

他出于"后现代"师门,操持现代西方的语言学、解构主义、文化研究一类利器,擅长一套西洋学院派战法。但他以洋伐洋,入其内而出其外,以西学之长制西学之短,破解对象恰恰是西方中心主义,是全球资本主义体制下的话语霸权。对"现代性"语义裂变的精察,对西方特殊性冒作"普适性"的明辨,对不同品格"人文主义"的清理,对"新启蒙"与"新保守"暗中勾结的剖示,对跨国资本以差异化掩盖同质化的侦测……都无不是墨凝忧患,笔挟风雷,具有很强的现实针对性和思想杀伤力。

作为一位华裔学者,神州山河显然仍是他关切所在,是他笔下不时绽现的襟怀与视野——这既给他提供了检验理论的参照,又有利于他拓展出一片创新理论的疆域。不难理解,他以多语种、多背景、多学科的杂交优势,穿行于中西之间,往返于异同两相,正在把更多的中国问题、中国经验、中国文化资源带入英语叙事,力图使十三亿人的千年变局获得恰当的理论显影,以消除西方学术盲区。

这当然是一项极有意义又极有难度的工作。想想看,一个没有亚里士多德、基督教传统、殖民远征舰队的中国,在内忧外患中惊醒,一头撞入现代化与全球化的迷阵,不能不经历阵痛和磨难——其难中之难,又莫过于陌生现实所需要的知识反应,莫过于循实求名。迄今为止的争争吵吵证明,中国是 20 世纪以来最大的异数,最大的考题。无论是根植于欧美经验的西学话语,还是根植于农耕古史的国学话语,作跨时空的横移和竖移,恐都不足以描述当今中国,不足以诊断现实的疑难杂症。因此,援西入中也好,援中入西也好,都只是起点而非终点。像很多同道学人一样,少波十分明白这一条。他有时候多面迎敌,一手敢下几盘棋,不过是在杂交中合成,在合成中创新,正在投入又一次思想革命的艰难孕育。

在本书的一篇文章里,他谈到庄子及其他中国先贤在理论中的"模糊性、歧义性、不确定性"。这涉及中国传统哲学的特点,也涉及知识生产的基本机制。其实,中国老百姓常说"道理","道"与"理"却有大不同。道是模糊的,理是清晰的;道是理之体,理是道之用;若借孔子一言,道便是"上达"之物,理只是"下学"之物——下学而上达,方构成知识成长的完整过程(见《论语·宪问》)。可惜的是,很多学人仍囿于逻各斯主义旧习,重理而轻道,或以理代道。特别是在当前文本高产的时代,一批批概念和逻辑的高手,最可能在话语征伐中陷入无谓的自得或苦恼。他们也许不明白,离开了价值观的灵魂,离开了大众实践的活血,离开了对多样和多变世界的总体把握,离开了对知识本身的适时信任和适时怀疑,在一些具体理法上圆说了如何?不能圆说又如何?在纸面上折腾得像样了如何?折腾得不像样又如何?

历史上的各种流行伪学,其失误常常不在于它们不能言之成"理",而在于它们迷失了为学之"道",在大关切、大方法、大方向上盲人瞎马。比如作者在本书中谈到的"他者"之说——在成为一个概念与逻辑的问题之前,它更像是一个价值观的问题吧?若无一种善待众生的宏愿,相关的细察、深思、灵感、积学等从何而

141

来？

正是在这个意义上，与其说我敬重谢少波先生的思辨之理，不如说我更推崇他的为学之道；与其说我欣悦于他做了什么，不如说我更欣悦于他为什么会这样做，为什么能这样做。

在一个大危机、大震荡、大重组日益逼近的当下，他也许做得了很多，也许做不了太多，这都并不要紧。但他与诸多同道共同发起的知识突围，他们的正义追求和智能再解放，已经让我听到了希望的集结号，看到了新的彼岸正在前面缓缓升起。

2008 年 8 月

（此文为谢少波《另类立场》中文版序，南京大学出版社）

历史终究是生活史

从史实到史学,大体上是一个抽象和提纯的过程,如同一个苹果变成苹果干、苹果汁、苹果酱、苹果粉乃至各种化学元素。这一过程的好处,是历史变得便于保存(文字可防遗忘),便于携带(制成书籍或光碟),便于延时性品尝(让后人们理解与思考前事),但这样做的风险在于苹果园的风光不再。日后的读书人一不小心,就可能以为当年苹果树上挂满了化学方程式。

还原苹果园的现场,是史学家们最大的野心,却几乎是不可能抵达的绝对彼岸。于是新历史主义者如海登·怀特(Hayden White)等,就宣称历史如同文学,不过是一种叙事虚构。这当然有些夸张,至少无法得到考古学、文献学、田野调查的足够支持。但他们防伪打假的严厉态度,对苹果干、苹果汁、苹果酱、苹果粉乃至各种化学元素的满腹狐疑,也许不是一无是处。这至少让人们明白,在史学与史实之间,在文字叙事与鲜活事实之间,还有一个还原现场的艰难任务。谁也没有资格拍胸脯夸耀自己已一步跨入了真相。

我是一个写小说和散文的，关注活生生的人间百态。出于这一习惯，在读史的时候免不了在字里行间心驰神往，常常依托今人以推想前事，想看清文字后面的人与生活，看清当年的环境、资源、细节、场景、工具、性格、心情、故事、习俗等，不大满足意识形态的逻辑图谱。由此积下的若干点滴心得，当然微不足道，大概连远眺苹果园也算不上，一时不慎而误入西瓜地或香蕉地也说不定。不过，这样读史至少比较有趣，眼前的一切会生动许多，会多一些形象、质感乃至气味。高调一点地说，历史终究是生活史，拒绝还原与有限还原还是不一样的，还原不成功与压根儿不打算还原也是不一样的。

在此就教于各位方家。

2009 年 11 月

（此文为繁体中文版《历史现场》自序，香港三联书店）

诗的形式美

我不擅诗,但常被某些诗句震击,最乐意向诗人鼓掌,有一次还花费自己整月的工资,买来一堆民间油印诗刊,在朋友圈广为散发并为之大吹大擂。那是上世纪 80 年代初的事。自那以后,我大概仍算得上半个诗读者,一般来说,既为不少诗坛新作而一再惊喜,也为某些诗作的泡沫化而渐生困惑:比如有些诗的情感造作(想必那家伙只是冲着镜子开发灵感),有些诗的意象枯涩(想必那家伙正操一本词典狂搜奇词怪语),有些诗人笔下语言的肥肥大大松松垮垮(比写一张借条或收条更不用心似的)——白话诗就是这样一种口腔随处排泄么?

据说旧体诗容易束缚人的思想感情,当然是事实。为文造情或以辞害意的四言八句,乃至文言政策体、格律口号体,实为一大流弊。不过,把诗体革命理解为信口开河,理解为随意分行的大白话,自由排列的词汇表,放任无拘、恣意胡为、捡进篮子都是菜,则可能是受制于末流译诗的误导,出自对西洋诗的误解。事实上,把译诗当作原诗很不靠谱。大多数西洋诗原作也是讲求声韵效果的,其精美处若未能呈现于译作,只能赖译者,或翻译本身的局限。

文学毕竟是文学,不可缺少一种形式美——或者说是一种积蕴并融化在形式中的"潜内容",即文化、历史、哲学、道德之全部隐形信号,乃至心律、耳膜、血流、气息、神经的生理所需。在这一方面,汉文学形式美源远流长,其声韵经验至为丰饶和深厚。作为数千年来百炼千锤的美学遗产,且不说粘对、骈偶、词曲制式,光是汉字四声、五声乃至九声(如粤语)的声调乐感,较之拉丁语系与日耳曼语系的两声结构,就曾让不少西洋人士惊羡。这有什么不好呢? 有什么丢人吗? 莫非这些东西一度被误用为枷锁,就得被今人一股脑儿地弃之若敝屣? 其实,在实际生活中,人们写小说、写理论、写新闻、写公文、写广告或招牌,甚至一个民间草民开口说话,都可能自觉或不自觉地讲求语感和语趣,包括词句的品相与搭配,包括节奏与旋律的贴切,难道一个诗人写诗,写文学中的文学,倒是必须口腔随处排泄?

因一次南方访学的机会,与范晓燕久别重逢,谈及以上感想,竟获得她的赞同,让我快慰与欣喜。据说她由此坚定了写诗之志,更令我意外。她长期从事古典诗词的研究和教学,又有现代诗词写作实践,当然比我更有资格谈诗。她的诗作既得古法,又多新意,自成一体,多彩多姿,一再用"新古代"和"旧现代"的文字幻境,把读者引向电子世纪的烟波细雨,都市岁月的绿荷黄鹂,飘出超市或汽车的伊人裙裾,还有眼看就要投入开发或销售的霞染江天……这些白话新诗,自由而轻快,字里行间却又不时闪烁出李清照式的缠绕,辛弃疾式的铿锵,常给人不知今夕何夕之疑。诗人呼吸着现代的炫丽、拥挤、忙碌、浮嚣、富饶、厌倦、凉薄以及零乱,却又深怀一个千年长梦,总是把想象托付给日月山川,凝定于春雨或落叶。这种瞬时与永恒的自我精神紧张,始终深隐于诗体形式的某种古今交集。

从某种意义上说,这就是古典诗体美学的一种现代复活吗?至少,不失为汉诗进化的宝贵探索之一吧?

范晓燕是我的大学同学,虽在另一个班,其诗名却早得我闻,一男生曾在课堂上以手抄诗示我,其中便有她不胫而走的少作。几十年后,作为一个现代都市人,她仍能"诗意地栖居"于千年长梦,已足以值得人们尊敬和羡慕。

我应再一次鼓掌致敬。

2010 年 6 月 8 日

(此文为范晓燕《風裳水珮》序,长江文艺出版社)

回答一个世纪之问

欧洲进入工业化时人口不足一亿,而眼下中国起码相当于那时的十个欧洲。美国经济起飞时每桶原油价格一美元左右,而当今中国正遭遇这个价格百倍以上的疯涨。可以比较的悬殊条件远不止于此。但就是在这种情况下,一个极乱、极贫、极弱的烂中国,在辛亥革命后的一百年,在中国共产党成立后的九十年,其经济总量连续超越法国、英国、德国、日本,直至国际货币基金组织等机构不久前预测:中国将在五年(按 PPP 计算)或十五年(按 GDP 计算)后取代美国,实现经济总量全球第一。

环顾全世界一百多个曾为殖民地或半殖民地的同类国家,这样的成功并不多见。其原因是三十多年来的改革开放吗?当然是。但答案不会这样简单。因为非洲早就有市场经济,东欧早就放弃了"阶级斗争",拉丁美洲、南亚等早就开始与国际社会接轨,甚至全盘复制西方的宗教、政体、教育、文字以及土地私有制,但那里并未出现全方位的持续快进，甚至很多国家至今仍困于饥饿与战火。被誉为世界"最大民主国家"的印度，1949年尚比中国略富，2010年却是经济总量和人均GDP均只及中国的四分之——两个人口大国应该说都有不错的发展，但差距不幸被一再拉大。印度的腐败指数，在西方有关机构的一再核查下也比中国难看许多。

这样看来，对中国式成功的原因探索，须延展到市场经济之外，须延伸到改革开放之前，即从"后三十年"延伸到"前三十年"，延伸到更为久远的1921年或1911年。历史是一张无法剪碎的大网和一条无法割断的长河。百年苦斗之下国人的一系列成果，包括民族主权独立这样的政治遗产，包括"两弹一星""全民扫盲"这样的经济和文化遗产，作为改革开放的基础打造和条件依托，作为中国特色的另一剖面，不应排除在视野之外。同样，百年苦斗之下国人的诸多学费，包括惨痛的"大跃进"和"文革"，作为改革开放的教训资源和校正依据，也不可讳言。这就像我一位朋友的比喻：一个人吃到第三个馒头的时候感觉自己饱了，但问题是：如果没有第一个、第二个馒头，你那第三个馒头的神力何在？

哪怕前两个馒头里夹杂了糟糠甚至泥沙。

可惜的是，近年来对历史的虚无化乃至妖魔化，在某些人那里几乎成时尚。他们清算革命代价，指斥革命过程中的失误、过错以及假革命之名的罪恶,这都没有错,不失为总结经验教训的直言和善言。但如果这样做,竟是一心让中国换轨为菲律宾或乌干达的道路,有什么智商可言?如果说革命的代价令人揪心,但革命前是否就没代价?不革命是否就免代价?革命所针对的极乱、极贫、极弱,革命所终结的国土沦丧、军阀混乱、饿殍遍地、流民如潮、欺男霸女、烟馆娼楼、买办资本独大,等等,岂不是人民更加难以承受的大祸?显然,革命并不能许诺一个馒头就吃饱肚子,更不能许诺一个馒头就是天堂的门票,但革命是卑贱者最后的权利,是各种两难选择之下的迫不得已和特事特办,是救国救民者的慷慨赴义和替天行道。少数后人置身局外的夸夸其谈,其历史"洁癖"如果不算幼稚,便是居心不端——他们无法接近中国革命的最大真相,也必然曲解当今时代的丰富内涵。

由南海出版公司出版的《琼崖红色记忆》,编选了一百多位作者回忆父辈革命事迹的纪念性文章,重温琼崖革命斗争的艰难历程和激情岁月,扩展历史眼界,再现先烈的音容风貌,表达了新一代人崇高的时代礼赞,也为我们提供了一个重要认识视角——当今中国不是从天上掉下来的,是从历史深处一步步拼出来、扛出来、磨出来、熬出来的,几乎每一寸土地都烙下了痛苦与牺牲。事实上,如果说这个千面中国难以捉摸,实为当今全球学界公认的一大谜团,那么求解这一谜团的最初线索,也许要从很多年前风雨如晦鸡鸣不已的某个深夜开始,从很多年前一个儿子或母亲离家远行的某个拂晓开始,从很多年前一些普通男女泪流满面或血溅五步的生死一刻开始。这本书朴素地讲述一个个这样的时刻;换句话说,是与长眠地下的千万亡魂今夜重逢,共同回答一个世纪之问。

2011 年 5 月

(此文为《琼崖红色记忆》序,南海出版公司)

想象一种批评

当代最好的文学,也许是批评——这当然是指广义的批评,包括文学批评、文化批评、思想批评等各种文字。

这种揣测可能过于大胆。

如此揣测的理由,是因为电子技术的发展,使我们已经告别信息稀缺的时代,进入了信息爆炸或信息过剩的时代。这是一个重要的历史拐点。在拐点之前,没有网络、电视、广播以及发达的报业,文学家是生活情状的主要报告人;文学作品享受着"物以稀为贵"的价值优势,更以其具象化、深度化、个性化的特质,成为效率最高和广受欢迎的信息工具,帮助人们认识世界与人生。但在拐点之后,如果不是对文学鉴赏有特别的训练与爱好,通过波德莱尔去了解法国,通过托尔斯泰去了解俄国,通过鲁迅和沈从文去了解中国,对于一般大众来说已很不够用,至少是不太方便。现在的情况是:细节与叙事不再是文学的专利,段子、微博、博客、视频、报刊、电视剧等都充满细节并争相叙事。每天揣着手机和敲击键盘的很多人,不是信息太少,恰恰是苦于信息太多、太繁、太乱,以致自己的大脑形同不设防的喧嚣广场,甚至是巨大的信息垃圾桶,常处于茫然无绪和无所适从的状态;就好像一个人不饿了,而是暴饮暴食之际需要一个好胃,来消化铺天盖地的信息。

文学当然还能继续提供信息增量,而且以其具象化、深度化、个性化的看家本领,成为全球信息产能中不可或缺的部分。但广大受众更迫切、更重要、更广泛的需求,似乎不再是这个世界再增加几本小说或诗歌,而是获得一种消化信息的能力,关系到信息真伪的辨别,信息关系的梳理,信息内涵的破译和读解——这不正是批评要做的事情?即使就文学本身而言,当文学日益接近快餐化、泡沫化、空心化的虚肿,一种富有活力的批评,一种凝聚着智慧和美的监测机制,难道不是必要的自救解药?

把批评总是视为文学的寄生物,既不聪明也不公正。体裁本身并无高下之分。从唐诗到宋词,从宋词到元曲,从元曲到明清小说……文学从来不会消亡,但会出现演变,包括体裁高峰形态的位移。那么,在一个正被天量信息产能深刻变革的文化生态里,批评为什么不可能成为新的增长点、新的精神前沿以及最有可能作为的创新空间?批评——那种呼啦啦释放出足够智慧与美的批评,那种内容与形式上都面目一新的批评,为什么不能在一个信息过剩的时代应运而生,成为今天无韵的唐诗和宋词?

对于未来,我们需要一点勇敢甚至猖狂的想象。

　　我不是批评家,充其量只是一个批评写作的学习者。收入这个集子的部分文章,与其说是与读者对话,不如说首先是与自己对话,是帮助自己消化繁杂信息的一点尝试,以协调感性与理性、实践与书本,防止消化不良之后的病入膏肓。感谢陈光兴、彭明伟等台湾同行的帮助,让这本文集与台湾读者们见面。我知道,海峡两岸多年来受制于不同的社会形态、历史轨迹、文化实践,展开对话并不容易。双方依据不同的语境,因事立言,因病立方,会形成不同的兴趣重点、知识性格以及言语习惯。但同为中华文化的传薪者,大家共同努力于批评的写作和阅读,因应当下这个万花筒似的文化大变局,以继续精神的发育成长,也许不失为与时俱进之举。

　　欢迎指教。

　　　　　　　　　　　　　　　　　　　　　2011 年 5 月

　　(此文为繁体中文版《韩少功随笔集》自序,台湾社会科学杂志社)

镜头够不着的地方

影视产品挤压纸媒读物是当下一个明显趋势,正推动文化生态的剧烈演变。前者传播快,受众广,声色并茂,还原如真,具有文字所缺乏的诸多优越,不能不使写作者们疑惑:文学是否已成为夕阳?

没错,如果文字只是用来记录实情、实景、实物、实事,这样的文学确实已遭遇强大对手,落入螳臂当车之势,出局似乎是迟早的事。不过,再想一想就会发现,文学从不限于实录,并非某种分镜头脚本。优秀的文学实外有虚,实中寓虚,虚实相济,虚实相生,常有镜头够不着的地方。钱锺书先生早就说过:任何比喻都是画不出来的(大意)。说少年被"爱神之箭"射中,你怎么画?画一支血淋淋的箭穿透心脏?同样的道理,今人同样可以质疑:说恋爱者在"放电",你怎么画?画一堆变压器、线圈、插头?

画不出来,就是拍摄不出来,就是意识的非图景化。其实,不

155

仅比喻,文学中任何精彩的修辞,任何超现实的个人感觉,表现于节奏、色彩、韵味、品相的相机把握,引导出缺略、跳跃、拼接、置换的变化多端,使一棵树也可能有上千种表达,总是令拍摄者为难,没法用镜头来精确地追踪。在另一方面,文字的感觉化之外还有文字的思辨化。钱先生未提到的是:人是高智能动物,对事物总是有智性理解,有抽象认知,有归纳、演绎、辩证、玄思等各种精神高蹈。所谓"白马非马",具体的白马或黑马或可入图,抽象的"马"却不可入图;即便拿出一个万马图,但"动物""生命""物质""有"等更高等级的相关概念,精神远行的诸多妙门,还是很难图示和图解,只能交付文字来管理。若没有文字,脑子里仅剩一堆乱糟糟的影像,人类的意识活动岂不会滑入幼儿化、动物化、白痴化?屏幕前"沙发土豆(couch potato)"式的恶嘲,指涉那种声像垃圾桶一般的大脑,越来越奇葩的大龄卡通一族,岂不会一语成谶?

一条是文字的感觉承担,一条是文字的思辨负载,均是影视镜头所短。有了这两条,写作者大可放下心来,即便撞上屏幕上的声色爆炸,汉语写作的坚守、发展、实验也并非多余。恰恰相反,文字与图像互为基因,互为隐形推手。一种强旺的文学成长,在这个意义上倒是优质影视生产不可或缺的重要条件。

我从事文字写作多年,眼高手低,乏善可陈。感谢四川文艺出版社热情关注,以汉语实验为选材角度,以文体变革为谋划焦点，在 2011 年有关台湾版本的基础上，推出这一套三卷集，并借用我多年前的一句话，"想得清楚的写成散文，想不清楚的写成小说"，以作散文与小说的各自题示。这种编辑思想和编辑手法，在我看来都别具一格，其复兴汉语写作的大志也令人欣慰。

至于实际效益，则有待读者检验了。

2012 年 1 月

（此文为三卷本"韩少功汉语探索读本"自序，四川文艺出版社）

我是一群同名者

　　眼前这一套作品选集署上了"韩少功"的名字,但相当一部分在我看来已颇为陌生。它们的长短得失令我迷惑。它们来自怎样的写作过程也让我有几分茫然。一个问题是:如果它们确实是我所写,那我现在就可能是另外一个人;如果我眼下坚持自己的姓名权,那么这一部分则似乎来自他人笔下。

　　我们很难给自己改名,就像不容易消除父母赐予的胎记。这样,我们与自己的过去有异有同,有时像是一个人,有时则如共享同一姓名的两个人、三个人、四个人……他们组成了同名者俱乐部,经常陷入喋喋不休的内部争议,互不认账,互不服输。

　　我们身上的细胞一直在迅速地分裂和更换。我们心中不断蜕变的自我也面目各异,在不同的生存处境中投入一次次精神上的转世和分身。时间的不可逆性,使我们不可能回到从前,复制以前那个不无陌生的同名者。时间的不可逆性,同样使我们不可能驻守现在，一定会在将来的某个时刻，再次变成某个不无陌生的同名者，并且对今天之我投来好奇的目光。

在这一过程中，此我非我，彼他非他，一个人其实是隐秘的群体。没有葬礼的死亡不断发生，没有分娩的诞生经常进行。我们在不经意的匆匆忙碌之中，一再隐身于新的面孔，或是很多人一再隐身于我的面孔。在这个意义上，任何作者署名几乎都是一种越权冒领。一位难忘的故人，一次揪心的遭遇，一种知识的启迪，一个时代翻天覆地的巨变，作为自我改变的深度介入力量，其实都是这套选集的众多作者。

感谢上海文艺出版社鼓励我编选这一套作品，对三十多年来的写作有一个粗略盘点，让我有机会与众多自我别后相逢，也有机会说一声感谢：感谢一个隐身的巨大群体授权于我在这里出面署名。

2012 年 5 月

（此文为十卷本"韩少功作品系列"自序，上海文艺出版社）

前世今生长乐镇

　　四十多年前，我初中毕业后下乡务农，落户汨罗市天井公社，位于长乐的西南边。我与农友们挑运竹木薪炭一类常常路经这个古镇，对这里的甜酒、麻石街、临江旧庙等印象很深，总觉得这一切必有神秘来历。

　　十多年前，我应朋友之邀，筑庐于汨罗市八景乡，就在长乐的东北方，与古镇仅有一山之隔。平日里要购买液化气，办理邮政事务，置办一些日常用品，如此等等都需要我驱车入镇，混迹于熙熙攘攘的客流中，近距离见证这里日新月异的现代演变。

　　这样，我虽无长乐户籍，但几十年来与长乐频频相遇，人生轨迹几乎绕着这个古镇转了大半个圈，不能不说是一种缘分。

　　长乐，乐其天乐其道长其人也。我在文学作品中曾多次提到这一地名，但局限于游人看客的零星印象，缺乏深入查考，有时候记忆夹杂想象，不免写得闪闪烁烁。在这些时候，我特别希望有一本关于长乐的工具书，能准确而周详地发掘人文史料，为我们揭示出古镇前世今生的全面真相，也让外人进一步认识长乐有所方便。

值得庆幸的是，这样的书眼下终于诞生了。

这几乎是一个抢救性的工程。感谢周明剑、余耀宗、陈太初、游泳、李望姿、王友槐、刘泽龙、鲁育民等各位热心人的辛苦工作，眼前的这本书对长乐的建制沿革、族源、宗教、建筑、语言、艺文、民俗、传说等做了近乎百科全书式的展示，既有历史的纵深，又有文明的广角，既有"田野调查"式的大规模采风实录（如歌谣部分等），又有颇具专业水准的高精度治学解疑（如方言部分等），因此无论就体量还是品质而言，都达到了令人惊喜的高度，可谓筚路蓝缕，集腋成裘，功德无量。考虑到这本书的编撰和出版完全是一种"民间行为"，参与者们的家园情怀和文化自觉，更是让人感动。

长乐是湖南省众多古镇之一，是全国辽阔土地上万千家园里偏僻的一角。在中国进一步城镇化的现代热潮之下，古镇还在继续发育成长。建设一个经济强镇、环境美镇、文化雅镇、平安福镇的重大挑战，还需长乐各界人士心力与物力的巨大投入，需要管理者的责任担当和智慧谋划。

毫无疑问，作为一本地方精神史，《湖南省长乐古镇文化》不失传薪之功，将帮助古镇人民传承历史，开创未来，积养内涵，打造形象,赢得一个更加辉煌未来。我相信这也是本书所有参与者的热切愿望。

2013 年 1 月

（此文为周明剑等主编《湖南省长乐古镇文化》序,中国发展出版社）

思想史的侦探者

侦探小说常被归类为俗文学,大多配以花哨或阴森的封面,堆放在流行读物摊位,吸引市井闲人的眼球,被他们心惊肉跳却也没心没肺地读过即扔。如果有人要把思想理论写成侦探小说,如同一个经学院要办成夜总会,一个便利店要出售航天器,在很多读书人看来纯属胡闹。

本书作者刘禾却偏偏这样做了。在我的阅读经验里,她是第一个这样做的。

这本书的结构主线,是考证纳博科夫(Nabokov)小说中一个叫"奈思毕特"(NESBIT)的人物原型,因此全书看上去仍是文学研究,西方学界常见的文本细读和资料深究,教授们通常干的那种累活。不过,作者的惊人之处,是放弃论文体,换上散文体;淡化学科性,强化现场感;隐藏了大量概念与逻辑,释放出情节悬念、人物形象、生活氛围、物质细节……一种侦探小说的戏仿体就这样横里杀出,冠以《幽影剑桥》或《魂迹英伦》的书名都似无不可。这也许不是什么学术噱头。用作者的话来说:"(文本分析)不是普通的阅读,而是智力游戏,和下棋、推理小说、数学的博弈论差不多,这些领域之间既隔又不隔。""任何人只要获得文本分析的诀窍,运用起来则放四海而皆准,适用于历史、法律、经济、文学以及任何需要诠释的生活对象,为什么? 因为文本分析是思想的侦探仪,而思想和罪犯一样,无孔不入,无处不在。"

显然,作者对拆字法的兴趣并非动笔主因。她对历史人物的知人论世和语境还原,对生活暗层和时代深处幽微形迹的细心勘验,对权力和利益在相关语词后如何隐匿、流窜、整容、变节、串谋、作案的专业敏感,如此等等,与柯南道尔的业务确实相去不远。去伪存真,见微知著,很多学者要办的不就是这种思想史上的大案要案? 不就是要缉拿文明假象后的意识形态真凶? 因此,一部思想史论潜入侦探故事,其法相近,其道相通,两者之间并无太大的文体区隔。

"奈思毕特"几乎是一个隐身人。传记作品《弗拉基米尔·纳博科夫》透露:巴特勒,一个保守党政客,曾任英联邦副首相,就是奈思毕特面具后面的那一个。传说纳博科夫自己就有过这样的指认。但本书作者很快找出一系列重大疑点,证明这一指认很不靠谱,颇像纳博科夫的文字游戏再次得手,伪造现场后脱身走人。

从这一些疑点开始,飞机一次次腾空而起,作者混入熙熙攘攘的旅行客流,其侦探足迹遍及英国、法国、瑞士等诸多历史现场,寻访证人,调阅证词,比对证物,一大批涉案者随后渐次浮出水面。作者看来也不无惊讶,这个以"牛(津)(剑)桥故事"为核心的关联圈里,竟有地位显赫的科学家贝尔纳、李约瑟、沃丁顿、布莱克特、霍尔丹等,有人文界名流普利斯特利、里尔克、奥威尔、艾略特、海耶克、徐志摩、萧乾、尼卡(纳博科夫的表弟)等,几乎构成了 20 世纪初一份可观的知识界名人录,一大堆彼此独立又相互交集的人生故事,由一个神秘的 NESBIT 从中串结成网。有意思的是,这些人一旦走出声名和地位的世俗光环,都有政治面容真切显影,后人无法视而不见。在那个资本主义如日初升的年代,全球知识界似乎初遇现代性裂变。无论是英国皇家学会院士(如贝尔纳、李约瑟、沃丁顿等),还是诺贝尔奖得主(如布莱克特等),这些大牌科学家清一色左倾,"剑桥帮"几成红色老营,被英美情报机构严防死打。这是一个疑问。人文界的情况要复杂一些。普利斯特利、里尔克等走左线,奥威尔、尼卡等向右转,艾略特不太左却恶评《动物农场》,纳博科夫相当右但又与同门诸公格格不入。当毕加索忽悠"四维空间"艺术时尚时,似乎只有徐志摩这样的穷国小资,才对西洋景两眼放光,小清新萌态可掬,未入住剑桥也未在剑桥正式注册却写出了一大堆剑桥恋曲,其文学观却七零八落,跟风多变,能对齐主流舆论便行。这又是一连串可供思考的疑问。

　　一幅五光十色的知识界众生相，一种几乎被今人遗忘的政治生态图谱，较之于百年后全球性的理想退潮和目标迷失，较之于当下阶级、国家、文明、种族、性别的冲突交织如麻，能给我们什么启示？作为一部献给中国读者的重要备忘录，作者在这里以小案带出大案，从小题目开出大视野，终于走向政治思想史的世纪追问和全球审视，重拾前人足迹，直指世道人心，再一次力图对人格、价值观、社会理想、思考智慧给予急切唤醒。

　　因大量采用叙事手法，作者轻装上阵，信笔点染，灵活进退，以一种东张西望处处留心的姿态，布下了不少传统文论所定义的"闲笔"。其实闲笔不闲。剑桥高桌晚餐时男士们一件件刻板的黑袍，与默克制药公司职员谈及任何专业研究时的吞吞吐吐，看似两不相干，如联系起来看，倒是拼合出当代西方社会的某个重要特征：既有宗教的顽强延伸，又有商业化的全面高压。当年波斯米亚风气之下的裸泳和开放婚姻，与美国校园里"光身汉"吃官司与狱中自杀，看似也是些边角余料，开心小桥段，如稍加组合与比对，却也轻轻勾勒出西方文化的差异和流变。更可能让中国读者感慨的是：当年有仆人给学生们一一上门送饭的奢华剑桥，仍让出身于俄国贵族的纳博科夫难以忍受，当然是比他锦衣玉食的魏拉公馆寒酸太多；而中国明星学者梁启超只能蜗居巴黎远郊，差一点被冻死，成天须靠运动取暖；他的同胞北岛，一个瘦削和忧

166

郁的流亡诗人,近百年后仍只能静守北欧冰天雪地的长夜,"一个人独自对着镜子说中文"……在这里,表面上平等而优雅的文明对话后面,书生们最喜欢在书本中编排的国际名流大派对后面,有多少利益、财富、资源的占有等级早已森然就位,有多少当事人困于阶级和民族生存背景的深刻断裂——看似细微末节的这一切,难道不也在悄悄说破重大的历史奥秘?

由此说来,闲笔也是主旨,叙事也是论说。由氛围、形象、故事组成的感觉传达同时也是理性推进,更准确地说,是对理性的及时养护与全面激活。很长一段时间来,理论是有关苹果的公式而不是苹果,更远离生长苹果的水土环境和生态条件,于是很容易沦为概念繁殖概念、逻辑衍生逻辑、一些公式缠绕公式的封闭性游戏。但文科理论的有效性在于解释生活,解释人与社会,不在于其他。如果我们不仅需要知道这个世界上有哪些说法,还要知道这些说法是何人所说,在何种处境中所说,因何种目的和机缘所说,从而真正明白这些说法的意涵和指涉,那么就不能不把目光越过说法,抵近观察当事人的活法,去看清构成某种活法的相关氛围、形象、故事——也许,一种夹叙夹议的文体,理性与感性两条腿走路的方法,或可为这种观察提供便利。

形式从来都是内容的。本书作者的文体选择,与一种还原语境与激活历史的治学思路,看来是写作的一体两面。

据她所述,侦破之旅一开始并不顺利。第一次叩门剑桥的英国海外圣经公会档案部就吃了闭门羹。因一封联系信函石沉大海，反复解释和恳求最终无效，冷冷的管理员不给她任何机会：

"对不起，没有事先预约，就不能进档案馆。"

她只能绝望地离开。

读到这里时，我觉得这一小事故如同隐喻。我们都没拿到幽灵的回执，永不会有历史彼岸的邀请，只能在黑暗中与自己相约，奔赴永无终点的求知长旅。

2013 年 8 月

（此文为刘禾《六个字母的解法》序，香港牛津大学出版社）

序韩氏家谱

自工商活跃交通便捷,众生迁徙日繁,族群与故园不复重合,唯姓氏如薪火永续,承血缘标识,载历史思忆。

以姓氏领结家谱,生物专家或疑其遗传网络有漏,启蒙高士或疑其父权主线有偏,然尽孝行悌乃人类精神之底蕴,慎终追远为中华文明之深基,其漏其偏,不掩家谱之善,于上敬祖、于下睦亲,感恤众生,德泽社会,不失为民间之朴风良俗也。

韩门一系可上溯周代姬姓,自始祖万受封于韩地,遂为韩氏百代之启。先祖韩光于明代嘉靖年间(公元 1522 年),自鄂荆迁湘澧,迄今繁衍十数代,可谓根深叶茂,丰沃千里。历世同祖胞亲生生不息,筚路蓝缕,披荆斩棘,修身齐家,济民报国,于农于工于文于武百业有成,或娶或嫁或守或迁八方归誉,历祖若知,当欣慰于九泉;众裔如闻,必振奋于来日。炎黄大家庭皇皇史册,自有我门英才卓士丰功伟绩辉耀其间。

诚谢宗亲韩绍祖、韩显峰等急公好义之士,不辞劳顿奔波南北,不避繁杂辑校今古,遍集零落以求不遗,精理目序以保不紊,终得韩氏家谱续编凡百万字,以为我族人寻根思源之凭,感恩怀德之依,增益亲情厚积乡谊之据,功莫大焉。谨以为序。

2013 年 11 月

（此文为湖南省澧县韩氏新编族谱序）

直面其心

　　一平是我知青时代的朋友，两人务农之地相近，后又分别供职于县里两部门，仅一墙之隔。他天资聪颖，书法、美术、文学、声乐、象棋、篮球、乒乓球等无师自通，上手即高手，友人无不惊羡。但聪明人的风险是什么都玩得转于是什么都玩，时间一长也就成了广谱药丸和游击大侠，能遍地开花，专业识别度却稍显模糊。

　　术业专攻其实也有风险。古人曾说"内美"与"修能"。专攻者勤学苦练一大堆知识和技法，实质上是传承前人经验，对接文化成习，以求作品接受面最大化。但旧识易壅蔽心灵，匠技易淹没情志，一旦入而不出，"修能"便伤其"内美"。这里有内外兼修的两难。太多从艺者一辈子克隆前贤，高仿古法，更像是一些业务兴隆的复制专家。

　　从艺术史的谱系看，一平远离宋元，趋近明清，重意而轻于形，求道而慎于术。用他自己的话说："道高于术，道法自然。""艺

171

术中的法非永恒不变,先有法,后有变法,最后无法生万法。"其实他对于明清前辈也仅取其神,并不愿亦步亦趋。因此,他的书、画、印皆无法无天胆大妄为天马行空,很难纳入任何批评程式的框架——包括明清文人写意传统那一路。

换句话说,与其说这里是一些可供观赏和解析的作品,毋宁说更像作者心境的随机成像,一个人内心密码的纷纷裸示;与其说观众可读他的手,可读他的脑,毋宁说更须直面其心。

比较能给我感觉的作品有:《回家》的飘忽步履必定是指向草庐之门。《渭城朝雨》恍如石匠字和铁匠字,是劳动号子一声声砸出来的。《焉能摧眉》充满民间野性,恰似怒发冲冠拍案而起大出一口恶气。《知行合一》有桀骜不驯睥睨天下的雄强。《楚风寻我》形如披头散发上天入地的楚徒。《出入平安》给人一种紧张感,布下某种易爆的危机气氛。《酒》《随意》《两幅泼写的字》像神魔并出,大闹天下,驰骋万里。《佛魔一念间》《生生不息》等初看如胸透胶片,或噩梦截屏,黑压压的致人惊骇,但一种浑身是胆金刚怒目式的威猛尽出其中。《阿哥阿妹在深山》的亲昵娇憨实在太可爱了。《毛古斯》隐藏了小屁孩顽皮捣蛋的劲头。《我》和《虎寿》分明是笑出来的字,与《乐》和《心如月性似风》那些醉出来的字相映成趣,都有老夫聊发少年狂之乐。《开心》是跳动和踊跃,相当于管弦锣鼓交织的欢腾。《悠悠寸草心》无异于乖孩子想家,小眼睛眨巴眨巴,襁褓之梦忽在目前。《天涯比邻》的寥落感

172

和孤独感让人恻然不已。《逝》是一曲幽幽通向远方的阳关三叠。《自强求缺》有一种俭朴、低调、清高的隐形标高。《守正出奇》掩不住淡定、慎独、大巧若拙、外圆内方的悄悄自许。《卜素朴素》放达而飘逸，宠辱两忘，目无今古，禅定不为，差不多是一声声云外鹤鸣。《无穷》《给弟弟路平的酒字》等则有亲切的点染，柔情的流淌，阳光的泼洒，空阔而静寂的逝者如斯，一瞬即万世的时空凝固……

这些视觉造型有的朴拙，有的狂放，有的萌态可掬，有的仙气回环，还有些意蕴亦虚亦实，忽近忽远，才上眉头又上心头，我也难以寻找和捕捉。合上画册，一声唏嘘，一平还有多少胸中块垒需要在纸上燃烧与迸放？

艺术是寂寞的，"无法生万法"的艺术家更有寂寞长途，与齐声鼓掌万众欢呼市场天价注定无缘。他想必对此已有所准备。

我与他见面不多，联络也疏，遥想当年乡下的雨夜对床已恍若隔世。好了，谢谢他一册《莫非》抵达，让我有机会重返当年，在想象中点燃一盏油灯，听他在雨声中把自己此生娓娓道来。

2013 年 11 月

（此文为刘一平书画印集《莫非》序，湖南美术出版社）

大自然因人而异

三十多年前，红卫兵退出中国"文革"舞台，都市中学生绝大部分都被动员上山下乡，去穷乡僻壤摸爬滚打，接触土地、农民、社会底层传统。我是他们中的一员。没想到的是，三十多年后因缘再续，我避开都市的诸多应酬和会议，与妻子回到当年务农之地，盖了一个房子，在那里种菜植树，抗旱排涝，晴耕雨读，一晃又是十五个年头。

准确地说，是十五个半年——因每年秋收后我们都返城越冬，处理若干家务和公务，也让自己能保持左看城右看乡的不同视角。

与都市不同，乡村景观要恒定得多，其山脊线和溪流声越过千年甚至万年，几无时间痕迹。于是这里的明月、野渡、鲜花、飞鸟、竹篱、樵夫等，早已成为文学中的陈词滥调，小资笔下的心灵脂粉和美文味精，与当地居民却没有太大关系。一些令雅士们惊艳的红叶,其实是脱水或失温的表征,想必是树木备受折磨之证,不一定值得赞美。一些时尚男女所赏玩的流萤,其实意味着虫害迫近,把菜园、瓜园、果园送入危机时刻,足以让某个农夫焦灼。作为现代生产力的庞然怪物,一条水泥公路割去了往日的马帮和独木桥,常被旅游者觉得大煞风景,但由此带来的物流畅通,包括钢材、水泥、塑料、玻璃、电器的进村入户,倒可能让山民们欢天喜地。

由此看来,所谓"自然"因人而异,因文化和财富而异。乡村不仅仅是风景画,不仅仅有浪漫主义消费的保留节目,还有自然中的人。这些人五花八门,其各不相同的生产方式和生活方式,其生老病死、喜怒哀乐、沉浮福祸的平凡故事,同样是自然的一部分。这些人不是隐居约两年的梭罗(Henry David Thoreau,以《瓦尔登湖》著称),更不是带上旅行装备去咬咬牙狠狠心待上三两周的仿梭罗,而是在这里搭上了一辈子。因此,他们的形迹构成了对自然更直接、更深入、更可靠、更活化、更具有历史感和生命感的诠释,潜入人类骨血中深藏不露。若离开了他们,目光越过了他们,任何人笔下的自然都有几分可疑,也许不过是盆景的放大,恒温花房的延展,几首田园诗的现场模拟再现,甚至是某些霸权者施展文化劫持和生态剥削的伪自然——恰恰表现了他们对自然的严重误解。当事人无论如何激动或深情,与这一片天地里众多他者的真相其实仍相去甚远。

2013 年冬，我应邀在台湾讲学一月，有机会游历这里的美丽山河，有机会与不少农民、志工、有关专家交流乡村建设的经验，交流某种走近自然的体会。感谢台湾人间出版社的热情相约，这一本《山南水北》增修版能在海峡对岸面世，算是我与这些朋友交流的继续。

我相信还有更多别样的自然有待我们前去认识。

2014 年 3 月

（此文为繁体中文版《山南水北》自序，台湾人间出版社）

萤火虫的故事

在作家群体里混上这些年,不是我的本意。

我考中学时的语文成绩很烂,不过初一那年就自学到初三数学,翻破了好几本苏联版的趣味数学书。"文革"后全国恢复大学招生考试前,我一天一本,砍瓜切菜一般,靠自学干掉了全部高中课程,而且进考场几乎拿了个满分(当时文理两科采用同一种数学试卷)——闲得无聊,又把仅有的一道理科生必答题也轻松拿下,大有一种逞能炫技的轻狂。

我毫不怀疑自己未来的科学生涯。就像一些朋友那样,一直怀抱工程师或发明家之梦,甚至曾为中国的卫星上天懊丧不已——这样的好事,怎么就让别人抢在先?

黑板报、油印报、快板词、小演唱、地方戏……卷入这些底层语文活动,纯粹是因为自己在"文革"中被抛入乡村,眼睁睁看着全国大学统统关闭,数理化知识一无所用。这种情况下,文学是命运对我的抚慰，也是留给我意外的谋生手段——至少能在县文化馆培训班里混个三进两出，吃几顿油水稍多的饭。可惜我底子太差，成天挠头抓腮，好不容易才在一位同学那里明白"论点"与"论据"是怎么回事，在一位乡村教师那里明白词组的"偏正"关系如何不同于"联合"关系。如果没有民间流传的那些"黑书"，我也不可能如梦初醒，知道世界上还有契诃夫和海明威，还有托尔斯泰和雨果，还有那些有趣的文学啊文学，可陪伴我度过油灯下的乡村长夜。

后来我终于有机会进入大学，在校园里连获全国奖项的成功来得猝不及防。现在看来，那些写作确属营养不良。在眼下写作新人中闭上双眼随便拎出一两个，大概都可比当年的我写得更松弛、更活泼、更圆熟。问题是当时很少有人去写，留下了一个空荡荡的文坛。国人们大多还心有余悸，还习惯于集体噤声，习惯于文学里的恭顺媚权，习惯于小说里的男女都不恋爱、老百姓都不喊累、老财主总是在放火下毒、各条战线永远是"一路欢歌一路笑"……那时节文学其实不需要太多的才华。一个孩子只要冒失一点，指出皇帝没穿衣服，便可成为惊天动地的社会意见领袖。同情就是文学，诚实就是文学，勇敢就是文学。宋代陆放翁说"功夫在诗外"，其实文学在那时所获得的社会承认和历史定位，原因也肯定在文学之外——就像特定棋局可使一个小卒胜过车马炮。

解冻和复苏的"新时期文学"，在某种程度上很像"五四"新文化大潮时隔多年后的重续,也是欧洲启蒙主义运动在东土的延时补课,慢了三两拍而已。双方情况并不太一样:欧洲人的主要针对点是神权加贵族,中国人的主要针对点是官权加宗法;欧洲人有域外殖民的补损工具,中国人却有民族危亡的雪上加霜……但社会转型的大震荡和大痛感似曾相识,要自由、要平等、要科学、要民富国强的心态大面积重合,足以使西方老师们那里几乎每个标点符号,都很对中国学子的胃口。毫无疑问,那是一个全球性的"大时代"——从欧洲 17 世纪到中国 19 世纪,人们以"现代化"为目标的社会变革大破大立翻天覆地,不是延伸和完善既有知识"范式"(科学史家 T.S.Kuhn 语),而是创建全新知识范式,因此都释放出超常的文化能量,包括重新定义文学,重新定义生活。李鸿章所说"三千余年一大变局"当然就是这个意思。历史上,也许除了公元前五百年前后古希腊、古印度、古中国等几乎不约而同的文明大爆炸,还鲜有哪个时代表现出如此精神跨度,能"大"到如此程度。

不过,大时代并非历史常态,并非一个永无终期的节日。一旦社会改造动力减弱,一旦世界前景蓝图的清晰度重新降低,一旦技术革新、思想发明、经济发展、社会演变、民意要求等因缘条件缺三少四,还缺乏新的足够积累,沉闷而漫长的"小时代"也许就悄悄逼近了——前不久一部国产电影正是这样自我指认的。在很多人看来,既然金钱已君临天下,大局已定,大势难违,眼下也就只能干干这些了：言情，僵尸，武侠，宫斗，奇幻，小清新，下半身，机甲斗士……还有"坏孩子"的流行人格形象。昔日空荡荡的文坛早已变得拥挤不堪，但很多时尚文字无非是提供一些高配型的低龄游戏和文化玩具，以一种个人主义写作策略，让受众在心智上无须长大，永远拒绝长大，进入既幸福又无奈的自我催眠，远离那些"思想"和"价值观"的沉重字眼。大奸小萌，或小奸大萌，再勾兑点忧伤感，作为小资们最为严肃也最为现实的表达，作为他们的华丽理想，闪过了经典库藏中常见的较真和追问，正营销一种抽离社会与历史的个人存在方案——比如好日子意味着总是有钱花，但不必问钱来自哪里，也不必问哪些人因此没钱花。中产阶级的都市家庭，通常为这种胜利大"抽离"提供支付保障，也提供广阔的受众需求空间。

文学还能做什么？文学还应该做什么？一位朋友告诉我，"诗人"眼下已成为骂人的字眼："你全家都是诗人！""你家祖宗八辈子都是诗人！"……这说法不无夸张，玩笑中却也透出了几分冷冷的现实。在太多文字产品倾销中，诗性的光辉，灵魂的光辉，正日渐微弱黯淡，甚至经常成为票房和点击率的毒药。

坦白地说，一个人生命有限，不一定遇上大时代。同样坦白地说，"大时代"也许从来都是从"小时代"里滋生而来，两者其实很难分割，或者说后者本是前者的一部分，前者也本是后者的一部分。抱怨自己生不逢时，不过是懒汉们最标准和最空洞的套话。文学并不是专为节日和盛典准备的,文学在很多时候更需要忍耐,需要持守,需要旁若无人,需要烦琐,甚至乏味的一针一线。哪怕下一轮伟大节日还在远方,哪怕物质化和利益化的"小时代"闹腾正在现实中咄咄逼人,哪怕我一直抱以敬意的作家正沦为落伍的手艺人或孤独的守灵人……那又怎么样?我想起多年前自己在乡村看到的一幕:当太阳还隐伏在地平线以下,萤火虫也能发光,划出一道道忽明忽暗的弧线,其微光正因为黑暗而分外明亮,引导人们温暖地回忆和向往。

当不了太阳的人,当一只萤火虫也许恰逢其时。

换句话说,本身发不出太多光和热的家伙,趁新一轮太阳还未东升的这个大好时机,做一些点点滴滴岂不是躬逢其幸?

这样也很好。

2014 年 11 月

(此文为《韩少功读本》自序,载《今天》杂志 2015 年第 1 期)

从内心开始

唐代韩愈在《答李翊书》中曾指出写作的两个目标:一是"立言",二是"胜于人"。在他看来,前一目标比后一目标更重要。

这一区别显然都是相对而言。

我在这里想补上第三个目标,或者说第三种状态:不得不写。这是指五味杂陈的感受郁积于怀,不吐不快,非说出来不可。这样的写作不一定能争胜,更不一定能立言,甚至一开始就不过是自说自话,私事私办,不大考虑市场需求和公共评价,只求对自己做一个交代。换句话说,这种文字更像是写给自己,差不多是弃权于成功与卓越,只是作者本人必要的释放和解脱。

《山南水北》和《日夜书》大概就是这一类作品。这两本书追踪自己在生活中的点点滴滴,包括各种隐秘的焦虑、惊讶、忧伤、喜悦、屈辱、感怀,虽也有假托和虚构混迹其中,亲历性的现场记忆却是主要叙事动力。岁月流逝,数十年一晃就过去了。弹指之际,千年变局。天地之间,唯心是归。当熠熠闪光的那么多人和物正变得模糊,相伴相守的日子渐次凋零,受惠者的一眼回望岂是多余? 当真理多元化几成常态,一个文本消费的时代里众声喧沸,那么多一点针对自己的检索和诘难,是否比提高声调拉开架势说服他人更为迫切? 就这样,放下技法,放下风格,放下创新野心,放下禁忌掂算和风险规避,一切从内心开始,便成了一件轻松的事。

或者说,文学在很多时候本该是一件简单的事,就像呼吸,就像漫步和入梦,无须太多高难动作的拼比。

承蒙友人不弃——感谢刘锦琳先生策划,何立伟先生配画,安徽文艺出版社继《马桥词典》等四卷之后再次诚邀合作,使这一套精装配图丛书逐渐成形。借此机会,《山南水北》在 2006 年作家出版社初版的基础上略有修补,《日夜书》在 2014 年上海文艺出版社再版的基础上略有增删。特予说明。

2015 年 1 月

(此文为精装插图版《山南水北》《日夜书》自序,安徽文艺出版社)

附录

落花时节读旧笺

　　自有了信息电子化,电话、电邮等正日益取代信函,投书远方已成稀罕之事。不久前清理自家旧物,无意间从一抽屉里翻出旧笺若干,如掘出一堆出土文物,让我惊喜,也不免惊惶:这也许就是此生我收到的最后几许墨迹?

　　来信者多为同行故人。他们的墨迹有几分模糊,但字如其人,或朴或巧,或放或敛,仍能唤醒一幕幕往事,历历在目。感谢纸墨这些传统工具,虽无传输的效率优势,却能留下人们性格的千姿百态,亦无消磁、病毒、黑客、误操作之虞,为我长久保存了往事的生动印痕。也感谢一个时代的风云聚散,让我得以与这些来信者有缘相识,无论是擦肩而过,是同路一时,还是历久相随,他们终是我生命的一部分,是读书读人读世界的一部分,已悄悄潜入一个人的骨血。

　　于是一封封重新展开。

一

西西,1987 年 12 月 31 日来信称:

　　我刚从北京回来,看见莫言、李陀、史铁生、郑万隆和张承志,好极了。他们老说就欠少功一人。我临走时遇上北京大雪,美极了,可仍然比不上你们这些美丽的人。我想,做一个写好小说的人不太难,但难在做一个能写好小说的好人。

　　如果我到湖南,我当然不想成为"抓稿人",只想跟你和有趣的朋友(是何立伟、彭见明他们吧)开心地聊聊,一如在北京那样。不过,目前我又非做抓稿人不可,真可怜。事情是这样,洪范书店再编三、四册,我就想到你的《女女女》。如果你不反对,请循例签写同意书寄回就行。据说你有一篇新作《棋霸》,不知刊在哪里。

西西是香港作家,身居灯红酒绿之地,仍有几分艺术的高冷和狂野,《胡子有脸》《母鱼》《我城》等作品变化多端,现代主义前卫风格天马行空,相对于满城花哨的地摊书,堪称香港一大异数。内地开放之初,她是"两岸三地"的文学交通中枢之一,将一大批内地作品引入繁体字,其规模和反响达一时之盛。但作品之外的她毫无先锋造型,既不会目光直勾勾,也不会烟酒无度、满口粗话、深夜海边暴走,倒是质朴如一村妇。第一次在酒店相见,她衣着低调,张罗茶点,引见和关照几个随行青年,在茶座的一端几乎没说什么话,似乎更愿意让她的学生们多说——文学班主任的服务十分体贴。

市场化经济大潮扑来,新时期文学迅速转入疲态和茫然,包括西西在内的很多人后来大多音讯寥落,相忘于江湖。2008 年春,我在香港浸会大学待了两个多月,好几次打听她,不料教授也好,作家也好,青年读者也好,都说不出一二,甚至对这名字也不无陌生之感。我大吃一惊:这还是香港吗?

还好,总算有一位颇费周折找来了她的电话号码。我通话结果,是发现她竟然近在咫尺,与我同住在土瓜湾的一角。这个土瓜湾,靠近九龙城寨,即当年清政府嵌入殖民地的一处留守官署,亦即后来匪盗横行的一块法外真空,直到再后来才经陆港双方签约,将其改造成一个公园。我租房在此,常沿着港湾散步,看各类争奇斗异的市井食肆,看水面倒影中的灯火万家。我何曾想到,我可能早与她在此路遇多次,只是已互不相识。

她由丈夫陪伴,偶尔还靠丈夫搀扶,前来与我见面,看来身体已不是太好——这也可能是她多年来息交绝游的原因之一。

我终于见到她,重新握住了她瘦弱而清凉的手。

二

张贤亮,1988 年 6 月 23 日来信称:

> 那天在侣松园门口,忙乱中还没来得及告别,待我拿到房号钥匙奔到门口,那辆破车已不见踪影。我想你还会跟我联系的,特地告诉了门房,但也没能再听到你的下落。
>
> 我试着写这封信,也不知你能否收到。
>
> 在北京待了两天,果然听到启立同志在人民日报社的一次会上,根据那位巴黎中新社记者唐某打的"内参",批评了我们的代表团。使我痛心的不是打小报告,而是领导人惯于听一面之词。干脆走他娘的,躲进小楼写小说。你年纪轻,望好自为之。我是觉得已经束手无策了。
>
> 可能的话,把《生命中不能承受之轻》寄一本来让我拜读。

在很多人眼里,张贤亮是一位风度过人的文学男神,曾以《绿化树》《土牢情话》等小说折服包括我在内的大批读者。他后来转型为商界大亨,据说有钱便任性,曾以超长豪车接送朋友,路旁还有两列黑衣保镖一路随车小跑,其排场俨如帝王。他的放浪也大尺度,发出邀请时总是宣告:"带情人来的我就报销头等舱机票,带老婆来的统统自费!"这一类话是玩笑,但也难免给他带来争议。

一位熟读和盛赞《资本论》的热血之士，一眨眼成了金光闪闪的资本家，这是当代中国故事中并非少见的个人命运轨迹。从信中看，他也有温存的另一面，竟为一次忙乱中寻常的不辞而去，驰函以图追补，周到得让我惭愧——他当时尚不知我的确切地址。至于信中提到的"内参"，是1988年中国作家代表团访法所引起的。那个代表团超大。其中有几位在巴黎痛责中国的体制和文化，得到大批听众激情的鼓掌，却与部分华裔人士发生争执——包括他提到的"中新社记者唐某"。这场争执以"内参"或其他方式传到国内，后来也成为文化界思想纠扯的案底之一。

其实，据我当时了解的情况，争议双方首先有背景的错位，有语境的分裂，说的好像是一回事，但联想空间、意涵所指、听众预设等远不是一回事。刚出国门的中国人，满脑子还是官本位、大锅饭、铁饭碗、冤假错案，不发发牢骚，不冒点火气，好像也不可能。不过长期生活在外的不少华裔对这一切感觉较为模糊，恰恰相反，他们的切肤之痛是不时蒙受某些西方人的白眼，一身黄肤黑发没法改，最急的是没有自尊本钱，最愁的是没有自强后盾。好容易有了"两弹一星"什么的可供吹嘘；再说说《论语》《道德经》，或扎个狮子舞个龙，图的是在"多元化"中也挤进一席。他们如今听中国作家反这反那，连传统文化也要一股脑黑掉，那还不跟你急眼？

真正听懂对方的意思,其实是不容易的。

三

刘宾雁,1988 年 3 月 1 日来信称:

江苏的徐乃建寄来一本她译的昆德拉《为了告别的聚会》。几个外国人向我推荐过他的 *The Joke*(《玩笑》——引者注),那是(19)86 年,读了,并不觉得像他们说的那么好。

3 月 16 日,我要赴美,先在 UCLA 讲学两个月,9 月起去哈佛参加尼克森基金会的记者活动,到明年 5 月。

对于讲学,我还全无准备,想得到你的帮助:一、想听听你对近几年中国文学创作的看法,哪怕简单几十个字。王蒙化名"阳雨"在《文艺报》发的文字:关于轰动效应之后(1、30)你看了吗?就此写几句看法给我也可。进一步的问题,告诉我你最喜欢或认为较好的青年作家是谁,哪个中短篇小说较好。二、你自己的短篇里,你最满意的是哪个? 三、你近几年谈文学或谈自己创作的文章,告诉我发表的刊物(记得前不久读过《上海文学》上的一篇)。若能在 3 月 15 日前寄我最好。

刘宾雁比我年长一大截,对文青们有忠厚大叔范儿,又有包青天打抱天下之不平的沸腾声誉。我读过他的不少报告文学,发现他不论写到哪个地方,总是要写出改革和保守的两条路线、两个阵营、两个司令部……正邪相搏,圣魔对拼,煞是惊心动魄的精彩。但这种二元图景不容易与我的生活经验对接,似乎滤掉了太多复杂性,尖锐,痛快,正义凛然,却有失真度的偏高。碍于一份对长者的尊敬,我一直犹犹豫豫,未能向他表达自己的意见。每次见到他疲惫不堪,一脸忧思沉重,据说被家门外排成长队的上访者轮番搅扰,被全国各地的冤情和苦水没日没夜地消耗,也有几分于心不忍。

一位作家偷偷说过,他对文学界太失望,说除了少数几个,其余的都在走歪门邪道。这也许是他恨铁不成钢,痛惜同志们写得不像炸弹和旗贴,"寻根"呵"先锋"呵什么的,远不解现实政治之渴。无疑,从《西望茅草地》到《爸爸爸》,我的笔下多了些古怪,在他眼里也肯定是一条堕落的下行线。

但他还是来信征询意见,不耻下问,尊重他者,一份温厚令我感动。我不记得自己是如何回复的,也不知他收到回复后是否对我更加疑惑了。一晃几十年过去,我一直没机会与他扯散了掰细了深谈,直到他多年后客死他乡。

想想这事,让人揪心。

四

聂鑫森,1988年3月29日来信称:

自你们走后,我们每每谈及,常惆恻然,遥想你们顶严寒而去,人地生疏,为之悬悬,念念不已。那晚风雪飘飘,独坐室内,遥想友人离散,颇多感慨,便写一首五言诗:

少壮光阴迫,慨然走边陲。

楚地多俊杰,星石强争辉。

把酒论时势,举翼尽南飞。

冲开凛寒阵,何日再重归?

建构新文化,从此不低回。

椰林缘案牍,荔枝红书扉。

烈日炙眉宇,惊涛洗鬓灰。

嗟哉零落雁,敛羽难与随。

京华久滞留,世事每相违。

推窗风打雪,遥祝酒一杯。

聂鑫森一张长黑脸,最重朋友情义,以至湖南文学界流传一句话:谁要说聂哥坏话,那这家伙一定是坏人,轰出门去就是。

我与他分居两个城市,几乎每次相聚都是朋友们长谈竟夜。有一次我找不到清代张潮的《幽梦三影》,他听说后竟毛笔正楷抄来全本,厚厚一大沓,让我大吃一惊。"因雪想高士,因花想美人,因酒想侠客,因月想好友,因山水想得意诗文。"我差一点觉得这些句子的抄录者就是原作者本人。

我手上他的来信最多。这里挑出的一封,是写在我和一些朋友"南飞"之后。当时海南建省办特区,欢迎各地梦想者参与,力图在一个雨林浩瀚天高地远的边陲海岛,一张白纸随便画,迅速升起一片现代化奇观。他因就读"京华"且家事缠身,"敛羽难与随",无法与我们疯疯地南窜。听说我们选在大年初一举家登车,顶风冒雪,绝尘而去,他一腔愁绪自是难免。

幸好他没来上车,否则也就没这些诗了。

五

李亚伟,1988 年 7 月 11 日来信称:

> 信收到。我刚哼哼呜呜准备出发呢,夏天的山山水水让人站立不稳。

> 这里还未开除我,高考还叫我监了考,之前上了几节音乐课,我使劲摇晃着身子教学生们唱流行歌曲来着。但显然我头顶的天空不够用,这些日子我不停地写着海,我的句子成群结队要往岛上爬。

> 我强烈要求招聘!

但如果你那儿不太顺利,我就使劲等些日子。我走来走去地等,抽烟,吹口哨。我不在乎招聘或是调动,只要能来,我极不喜欢这儿的环境。几年了,这儿的很多东西都在围歼我,想干掉我。我曾几次离职,都因没找到工作,饿,最后高举双手回单位投了降。

海南建省初期的条件十分艰苦。我租住的平房外,野火鸡不时出没,野香蕉随手可摘,完全是一片荒野景象。因停电和煤气断供,三家人只能合伙用树枝或煤油做饭。有一天,我姐想好好犒劳一下家人,好不容易做出一个大菜:葱爆猪肚。没料到突然冒出几位不速之客,见一盘大菜上桌,手也不洗,也不要筷子,甚至未经主人同意,便乐滋滋争相下手,三下五除二吃了个盆底朝天,吓得几个孩子躲得远远的。

我姐气不打一处来,偷偷问:"哪来的这些王八蛋?"后来才知道来者都是诗人——呵,诗人。她好一阵恍惚,把来客留下的两册油印诗读到半夜,才渐渐消了气,第二天早上说:"确实写得好。"

算是认可了一桌饭菜的被迫捐赠。

这一诗界闹事团伙中就有来信的李亚伟,一个四川小伙。他曾以"莽汉主义诗派"闻名,其语言的粗野、狂放、草根性、嬉皮风,可视为后来小说贫嘴化和网络恶搞化之先声。"夏天的山山水水让人站立不稳""我头顶的天空不够用""我的句子成群结队要往岛上爬"……这一类野生词语在他笔下信手拈来,蛮横无理,爆破力强大,足以搅得文学礼崩乐坏。

我最终没有能力招聘他入职。这一群爷在海南打过架,名声远播后,其他机构想必也只能敬而远之。

他后来招聘了自己,据说不久便成了一大富商。

六

陈映真,1988年10月22日来信称:

海南是一个处女地,在"现代化"的政策下,她即将付出惨烈的人的代价、大自然的代价和文化的代价。依台湾的经验,少数民族的沦落和社会的解体,女性的娼妓化,男性沦入底层劳动者。民族文化的解体,民族主体性的解体……如果中国共产党和大陆知识分子容忍甚至鼓励这种发展,对我是痛彻心扉的失望与绝望。

请STVEN带去《人间》杂志十册,表示我的友情与敬意。《人间》是站在"弱者"——民众的立场去看人、生命、生活、自然和社会,特别要追究"发展""现代化"所付出的不必付出的代价。大陆知识分子对西方讴歌太浅薄、太轻佻,对西方资本主义太无知,对中国改革开放的世界背景,即体系化的世界资本主义所加以的限制太无知,对中国社会主义革命的评价太低,对马克思主义的批评太轻率。我们理解这是"文革"的反动,但反动与感情用事不是对待真理的态度。

他1994年8月4日又有一信称:

接获来信及影印页,何其高兴。那封信能刊在书上,说明大陆上言论也自由。这样说,也觉得有一股辛酸的讽刺味。在共产党支配的社会,左派意见反而难出头,不一定官方要压,反倒是一般知识分子会嘲笑——都什么时候了,还要这样提问题?此所以那封信多年后刊出,竟使我惶惑惊讶(喜)不已!

少功兄,这个时代还需要作家写出时代巨大变化下的人和生活,接续30年代、40年代民众文学与民族文学的大传统,兄其勉哉!

对于"现代化"名下的资本主义全球化,陈映真也许是两岸知识界中最早的质疑者和批评者,相对于上世纪90年代中后期内地迟到的相关讨论,差不多早了十多年。这当然得益于市场和资本在台湾先行一步,也离不开一个左翼作家的思想定力,还有某种基督教背景下的济世情怀(台湾学者赵刚语)。他提到的"30年代、40年代"文学大传统,放到百年乃至千年历史大框架里看,还真是一件事:"空前"已无疑,是否还要"绝后"?

可惜他的《人间》杂志未能坚持多久,其他努力也屡遭挫折,号召力在台湾日渐微弱,似乎被他所殷殷关切的"弱者"和"民众"无情叛离。取而代之的，却是后来奶油散文、八卦故事、狗血写作的呼风唤雨横行天下。对于很多人来说，这当然是一种讽刺，也是一种尖锐逼问：说好的民众呢，在哪里？

换句话说，民众是什么？民众如何区别于民粹杂群？民众需要关切，是否也需要再造？如果这后一个问题没法借助更多手段来加以解决，那么前一个热血版的精英问题是否还有意义？

这些事一想就要头大。

感谢陈映真，能让我们的脑神经无法懈怠。

七

邓友梅，1990年10月8日来信称：

> 前一段在深圳，听说你参加《花城》的笔会，我尽力打听你的地址，可是怎么也打听不到。似乎在保密，一会儿说在宝山，一会儿说在小梅沙，到底也没找到，只好作罢。
>
> 法国的事我知道。办手续最好是由海南直接办，不要通过作协，通过作协要麻烦得多。巴黎你大概去过了，很值得再去，唯一要稍加注意的是，那些民运精英大部分都在花都。有些是老朋友，见面时稍有点分寸，别给任何人抓到可做文章的材料。
>
> 除此之外无可忧虑者。

海南情况似乎颇好。我是指你们几个人,《天涯》(指两期彩版大众试验刊——引者注)办得很有生气。见台湾报载《生命中不能承受之轻》已列入今年畅销榜,我弟文运亨通,可喜可贺。

邓友梅也是一位文学前辈,当年以《那五》《烟壶》等京味小说享誉文坛。后来有作家曾指其涉"左",大概与他官居中国作协领导职务有关。不过,从信中看,他主管外联部,与我素无私交,对一个小字辈的个人出访还是很上心。不管是私下指导,小心叮嘱,还是顺便鼓掌拍肩送温暖,都透出了长者的善意。

我后来很少见到他,但时常念及那一个政治气氛相当紧张和敏感的时刻,一封信所送达的难得温暖。

八

孔捷生,1990 年 2 月 17 日来信称:

我没了你的消息,正如你没了我的消息。我是你的朋友KONG,现英文名叫 JASON。以你的英文功底应联想起我是谁。不错,我就是孔某。去岁情况你当以略知。我现居三藩市,并任"中国现代文学"《广场》总编辑。社长是陈若曦。此信除了向你报平安外,就是约稿。刊物背景是一个民间文教基金会,无特殊色彩,更无与外间什么组织有瓜葛。我本人亦无参加什么团体。

　　陈本人7月返大陆组稿,亦可见本刊之包容性及纯文艺色彩。

与孔捷生曾有一段热络交往,比如一同去北师大参加什么联席会。与会者有北京几个大学的文学社团代表,也有身着工装的工厂诗人,或蓬头垢面的流浪文青。我们是由一位陌生女士引入的,先有电话约定,然后在某公交站会合,双方各拿一张报纸以为暗号确认,颇有老电影里地下党的神秘气氛。后来,我们又一同参加过《今天》杂志的例会。北岛主持会议。陈迈平参与张罗。有人朗诵诗,有人捧读小说,都是各自的新作,然后席地而坐或靠门斜立的文青们投入热烈讨论,有一种群策群力联合攻关的文学大生产劲头。作为北岛带来的客人,孔捷生不把自己当外人,以粤式普通话喷了一通写作经验,要求把某篇小说至少砍掉一半,搞得作者脸上有点挂不住。

相对于二三十年后作家们见面只是谈股票谈古董谈足球谈豪车谈版税就是偏偏不谈文学,当年的联合攻关大生产不无喜感,却也让人怀念。

那一年政治风波后,他也是我的失联者之一。好不容易联系上了,没轮得上我投稿,那份"纯文艺"新杂志便已匆匆倒闭。

据说他后来成了旧体诗词达人,又曾以化名在网上发表过不少时论,但这些飘忽传闻都莫辨真伪。

九

蒋子龙,1992年5月4日来信称:

感谢你邀我南下,虽来去匆匆,但很愉快。

阁下保持了自己的品位,但又对这个复杂多变的社会和
文坛应对自如,实属难得。登机后拿出你的随笔集,不料不
是送给我的。连你这样从容自定的人也被笔会搞昏了头,可
见笔会不可轻易办。你的智慧陪我在飞机上度过了三个多
小时,直送我到家,可谓圆满。

蒋子龙算得上新时期"改革文学之父",以小说写遍国企、机
关、乡村的改革,写遍了《乔厂长上任记》的自信和《农民帝国》的
困惑。肯定是社会的碎片化和改革的歧义化,撑破了他的笔墨控
制,让他后来不再容易踩到朝野各方的共振点。但不少同行还是
余妒未消,说我们当年写小说想得奖,同那姓蒋的写小说想不得
奖一样难呵。更大的奖牌当然是:上世纪80年代曾有工人在厂
门前贴出大标语:"欢迎乔厂长来我厂上任!"某省当局还曾以红
头文件转发过他的小说,以作为各地改革的思想动员和办法参
考——这些奇事,在文学史上一定绝无仅有。

他身上总是有一种大国企的金属味,是有棱有角的坚硬体,
比如每天坚持几千米游泳,一游就是数十年不辍,每天都活得英

风勃勃,精神抖擞,当当响汉子一条。

天津好几位男作家似乎也有这股劲儿。

十

许觉民,1992 年 10 月 30 日来信称:

此次在武汉相聚并同游三峡,十分高兴。

《百人传》是(19)89 年出版的,样书及稿费寄湖南,稿费
被退回,但样书未见退回。我写信问周健明,因匆忙间把他
的名字写成了"周介民",他大概动气了,不给我回信。我与
文学界素少往来,因此这事一直压在我这里。这次有幸见到
您,先将这事做一了结——稿费:叶蔚林二十,韩少功十五;
样书:各一册。稿费已由邮局汇去。样书,按规定一人有两
册,现在凑不齐,只凑到两本,也请谅!

附寄拙作两册,赠您与蔚林同志各一,尚希教正。这是
80 年代初写的,出版社勉强印的,稿子压了六年,甚不足观。
此后写的,没有一个出版社肯印了,放在抽屉里,让蟑螂去批
判吧。

这封信富有传统道德教育的价值。

诚信:事关一二十元小稿费,居然念念在怀,决不马虎,哪怕
时隔多年后一有机会就要细心办妥办实。谦和:对一个后辈晚生

203

也和颜悦色,执礼如仪,恭请"教正"云云。旷达乐观:能轻松面对自己晚年的窘迫,不惜公开自嘲一把:"让蟑螂去批判吧"——这句话曾让我笑出声来。

来信者许觉民,1938年就加入中共的老资格,老出版家和老评论家,传奇性故事一大把,曾任人民出版社总编辑和中国社科院文学所所长,按说有足够的人脉资源和资历本钱,给自己营造一点能见度。但他的书在上世纪90年代居然"没有一个出版社肯印",可见时代变化之巨,令人唏嘘。

十一

何士光,1993年1月25日来信称:

这几年由机缘牵引,确实也另外地体验了一回生命。常悲切我糊糊涂涂地来到人世上,东零西碎的见闻似也有一些,但究其根底,却仍是一片黑暗,亦必是糊糊涂涂地离去。因想倘能于根底处有所知晓,庶几就不虚此生了。子曰:形而下谓之器,形而上谓之道。由下而趋向于上,其势标来亦是人生之必然。倒也省些蛛丝马迹,见我辈中人也渐渐向此中转。曾读到你推荐《坛经》的文字,也以为是一种消息。

听洪声说起你在读拙作《如是我闻》,深觉欣慰,盼能读到你的意见。那当然还只是初步地写出一个头绪,其间的幽密,自还十分渺茫。先写下来,让它去经受自己的缘分。由此以往,倘还有写作,大体亦将依此线索。那么当然把文坛种种都抛弃了,而经受自身的这一份因果。

贵州的文事同各处一样,也十分寥落。但文事一如原先的文事,又焉得不寥落?寥落也是必然,也是因果。唯其寥落,心才渐渐有生机透出来。我在拙作中引过老子,那便是道失而后德,德失而后仁,仁失而后礼,礼失而后义,这之后,便该是义失而后利了,而今正是唯利是图之际。利也是要失的,利失之后,循环过去,则就是道了。眼下却也能让人感到道的悄然兴起。

上世纪90年代是新时期文学急剧分流之时,有的卷入政治,有的扑向市场,有的则投奔宗教。较之于有些人放眼《圣经》或《古兰经》,何士光最终选择了道与佛。

在世俗化传统超强的中土,佛和道保留了中华文明对永恒和辽阔的一线远望,指向一份安放灵魂的幽深。一旦满世界"义失而后利",物质化大潮逼压,宗教也许就是比抑郁症、狂躁症更积极一些的解决方案。毫无疑问,当一张张面孔哗变成唯利是图、寡廉鲜耻、无恶不作,远古的终极之问总是会及时归来,进入有些人睡前或醒后的片刻惶惑——这些惶惑无疑值得尊敬。

一位当红作家因此而突然销声匿迹,从人多声杂的地方抽身而去,其内心诸多痛感,我们大概也不难想象。

但宗教也有风险。特别是在"利益+"或"利益×"时代，伪宗教、邪宗教、烂宗教也断不会少。我给何士光写过书评《佛魔一念间》，载于1994年《读书》杂志，曾指出求术也可能"执迷神秘之术"，求道也可能"误用超脱之道"，两个层面都不是那么保险的。这话的意思是：宗教若能让强者清心节欲，让弱者得到心灵安抚和互助实惠，那么不管折腾出多少离奇神话和夸张的形式感，都算得上人间功德，可弥补社会管理之不足。很多无神论者对此可能缺少应有的理解。另一方面的道理：如果郢书燕说，让"随缘"成了绕开难事走，"破执"成了胡说八道全有理，"无为"被理解成坐等白吃不脸红，"超脱"被理解成对压迫者、侵凌者、欺诈者一律装聋和袖手……那就不知有多少昏昏男女要被荼毒了去。很多"法师""上师""仁波切"为何对此睁一只眼闭一只眼？

　　说实话，我身边有不少例子证明，很多人得宗教之益少，得宗教之害多，看上去更像是用神神道道给一己私利换上个精包装，能否给自己加分，还很难说。

　　何士光不会没有看到这种复杂性。他在贵州与我有过讨论，还说曾有一长信与我，只是这封信我一直没收到。

　　他笑了笑，说既如此，那便是因果，不必另写了。

　　大师拈花一笑，已随说随扫。

十二

李建彤,1993 年 11 月 27 日来信称:

我的纪实长篇《现代文字狱》,你是知道的。你们杂志上载过我的第三章,其余未露过面。我本想交给香港的繁荣出版社,谁知该社社长来北京开政协会,传给他的朋友们,弄得风风火火。中央的领导人又派人去香港取回来,交给我。一位朋友说:慢点发吧。

现在我又该找你的麻烦了,你还愿不愿出版我的书?现在是一、二、三卷都改出来了,你如想用,我一本一本寄给你。

我很想找你聊聊。海口见面,我觉得我们说得来。欢迎你来我家做客,带上你的爱人。

来信者是中国著名红军将领刘志丹的弟媳,上世纪 60 年代曾写长篇小说《刘志丹》,被最高领导层定性为"利用小说反党"而闻名全国。其丈夫刘景范,还有习仲勋、贾拓夫等老友,都受到这一政治错案的株连和影响。《现代文字狱》就是她获得平反后,对这一风波始末的亲历性回忆录。

记不清是上世纪 90 年代初的哪一天,她由一位女士陪同,敲响了我家房门。这位七十多岁的老太身体较胖,如沉沉一袋砂石,爬上五楼时早已气喘吁吁,两膝不时颤抖。那一天恰逢停电,我在蜗居斗室点上蜡烛，听她说明来意，听她介绍新书写作过程等。想到她从北京找到海口，再从海口找到我的居所，一个公交车都没通的远郊之地，一幢黑洞洞的旧楼房，真是让人过意不去。我主编《海南纪实》杂志时，与朋友们编发过她这本书的几万字，不过是职责所系，做了件小事，不值得老人家如此客气和辛苦地远程来访。

我和妻子送她下楼时已是深夜。

《海南纪实》停刊后，我为她找过几个出版界朋友，探寻她这本书完整出版的可能，但最终未能帮上忙，只能扼腕一叹。

十三

张承志，1994 年 10 月 20 日来信称：

有一本安徽的散文集《清洁的精神》，几乎全是新作品，无奈印前不校，错字有三百多处。香港林先生若回信应承，我便把书稿和勘误表一并寄去，俟书出后，再呈你批评。

我母亲于 9 月 28 日去世。至今都在忙着丧事，感慨万千，但我有了基本想法，即不愿借母丧而做文章。

此外，我在联系着一些老同志，编一套批评和介绍西方文化政治源流，以及 60 年代以来各西方国家左翼的丛书，盼用它普及新的世界观点。此事刚刚起步，我们几个人都谈到你,俟明年书成后,盼你发表意见。

正如你所说,右的大潮尚在澎湃,左的投机已经开始。这就是中国的知识分子,毫无耻的观念的中国智识阶级。不过我更觉得有与之区别的必要。作家中具备区别和分庭抗礼能力的人并没有几个,你应当站出来,得更靠前一些。

想象中,张承志是一个策马走天下的独行游侠。但他似乎活得比同行都要大,上下五千年,东西数万里,都是他心中沉甸甸的块垒。他是学考古的,对东亚、中亚、西亚、南欧、南美的一路人文深探,使他无法再回到文学圈的沙龙和酒会。他重新戴上白帽子,从中体会"清洁的精神",体会民间的"口唤"和"举意",但这也给他引来了不少误会。我曾向他请教过伊斯兰的问题,发现他对极端暴恐势力的痛恨,其实比我们这些非伊斯兰教徒还要更强烈,更焦急,更沉重,也更多一些学识支持。

只是这一切,同某些时尚人士不大容易沟通。那些人不知黎凡特与古希腊的关系,不知阿拉伯与欧洲文艺复兴的关系,不知基督教与犹太教之间的忌言秘史,不知其他宗教背景下同样可能血迹斑斑(如美国、英国、德国等地大比例的"非穆"恐袭事件,包括挪威一基督徒2011年一口气杀掉七十六人的事件)。当然,他们更没见过伊斯兰世界里同样随处可见的微笑、忧伤、礼让、清澈双眸……一句话,他们哪怕花十分钟翻翻书的兴趣也没有,更愿意在流行媒体的标题中找真相。

张承志早就放弃了小说，多年来只写散文，甚至是接近诗的散文。这大概是一个十分合适的选择。小说是一种不那么"清洁"的形式，至少就材料层面而言，需包容形形色色的人与生活，总是不避泥沙俱下的芜杂，因此不那么鲜明，不容易决绝。这种大众读物也不可能偏离大众思想情感的中值均线太远。相比之下，张承志似乎被对抗逼成了对抗，志在纯粹，行事苛严，总是在生活中高度苛严地挑选朋友、读物、活动、立场、表情、话题、场合、词句、饮食、着装、文体句法……以对抗心目中那些卑污势力的侵害或利用。这种无时不在的警觉，这种时时紧绷的排除法，与小说伦理和小说美学当然格格不入——至少是差别甚大。

他前期的小说《黄泥小屋》《海骚》《心灵史》等，其实已早有诗的趋向，相当于一种外人不易听懂的"举意"与"口唤"。

十四

心水（黄玉液），1994 年 9 月 24 日来信称：

接触不少中国来澳的朋友，他们的浮夸、虚假、胡乱的男女关系，假学者、假教授都有，尤其是为达目的不择手段更令人心寒。对大陆人的一般评价，海外华侨都有看法。我认为完全是环境造成的。你宏愿重新唤起国人对优良传统文化的重视，挽救民族性步向正途，这份心肠就已是佛心。可惜中国文人大多忙于"下海"追逐名利,少有忧民忧国的作家。

有缘认识,真有相识恨晚之感。

心水是澳大利亚华裔作家,不一定认识张承志,却与后者几乎不约而同,对众多中国智识精英痛心疾首,出言便是一剑指胸,刀刀入骨。

值得一提的是,他的这些看法与官方"洗脑"无关。恰恰相反,他只是祖籍福建,自己出生于越南巴川省,1978 年携妻子及五个儿女乘渔船仓皇出逃,以躲避越南共产党新政权的打击浪潮,在海上漂流了十三天,又在荒岛上苦斗自救了十七天,最后才转道印度尼西亚,进入澳大利亚难民收留地。他似乎是最无具体理由要"忧民忧国"的一个受苦人——至少也是一个局外人。

十五

薛忆沩,1995 年 3 月 1 日来信称:

我们的舆论通常为技术主义和经注主义大唱赞歌。它们注意不到现代文明在很大程度上是值得怀疑的,是有问题的。无论是旧式的文人还是共产党传统中的文人,都容易在物质的繁荣中醉生梦死。有谁能提醒人类这个蹩脚的司机在遭遇坎坷的时候应该降低挡位呢?

冷战结束之后,人类的去向已经不很明确。中国社会恰

211

好在秩序混乱的时候钻进商业的旋涡。它的命运可想而知。在这个可悲的时刻,在这个不断生产出牺牲品的大变动的前夕,我们也许可以用一点冷静来保护我们的森林,我们的河流,我们的空气,我们的尊严。这一切已经远不如二十年前、当我还是一个小孩子的时候那样了。技术的进步为人类潜伏下毁灭的隐患,经济的发展将个人模型为谋生的工具。这两种趋向又都以对自然的破坏和对精神的歪曲为代价。其实,没有冷战时代强烈意识形态的遮掩,人类的去向可以看得更加清楚。人是在朝向灾难拼命努力的动物。

我当过薛忆沩的责任编辑,不曾与他见面,只有些书信往来。一代年轻人的写作,好像大多数更愿意"去思想化",更相信"跟着感觉走",小清新一点,无厘头一点,玩high(爽)了就行。但他似乎不一样,在信中展现出人类史的大视野,对技术崇拜和发展迷狂深怀忧患,对现代化"文明"绝无小资们那种粉色喷香的全心膜拜。他的这些看法写在1995年,放到思想界也是一种难得的及时发声。

接触这样的后生多了,我对"代沟"之说便不以为然。

我后来说过,我们读几千年前的孔子、老子、孙子等,都没觉出多大的"沟",读几百年前的施耐庵、曹雪芹等也没觉出多大的"沟",怎么一二十年偏偏成了"沟"?

十六

陈建功,1995 年 6 月 19 日来信称:

我已经在 4 月份到全国作协来了,到这儿来的事,据说何志云已告诉你了,你在电话里说的,何志云也转告了。

当初你到海南闯荡,有一来信使我颇为感奋,就是你说你是"为了多一点经历","老了多一点回忆"。我之所以答应他们,也是想起你那封信才决定的。

最近发现你的创作状态很好,看了几篇文章,很棒,为你感到高兴。特别是《世界》,我很感动。你的长篇我还没有见到,待见到后一定好好看。不过我觉得有些评论家和某些小报记者很讨嫌,把张承志、张炜和你"神化",其实是把他们神化。我心想什么时候承志或你最好踹他们一脚。因为不踹他们的话,不定什么时候他们觉得"神化"够了,用完了,就该踹你了。当然这是玩笑,其实你根本不用理他们。我最近为了清理自己的思路,和王蒙、李辉对谈了一次,登在《读书》上,据说也有理论家要"争一争"。我根本不想争,对理论不感兴趣。前几年被批评界拖着鼻子走了几年,连小说都不会写了,好不容易才下决心不看批评了。

很早就认识陈建功。在他进入官场前,我们交往较多,像他这样说说内心话,哥们儿之间相互提醒、相互鼓励、相互通气的便函多见。

作家们大多牛气烘烘,自以为不乏拜将入相之才,治国安邦舍我其谁。其实这基本上是自恋的错觉。能真正带好一个村民小组或一个小公司的,我在生活中也没见到多少。说起来,论聪明资质、知识准备、协调能力等条件,陈建功倒算得上进入管理层的一个合适人选。只是他进入得不是时候——如果他想干什么大事的话。

这一点日后才可逐渐看个明白。上世纪90年代中期的中国文学,已在经济、政治、文化各种变局的猛击之下有点晕头转向。较之此前"伤痕文学""先锋文学"的一路匆匆补课,输血似已完成,前面一切自便。个人主义的最远思想里程差不多就在这里了。面对利益和思潮多元化的歧路纵横,很多人顿时失去了方向感。在这种情况下,一个缺乏方向感的作家协会,如同失去灵魂的一个庞然大物,还能干点什么?既然思想和艺术的话题已没人说,没人愿说,甚至没几个能说得上,剩下的当然就只有利益。作战部变成了总务处。辩论台改成了菜市场。如果不是奖项、席位、版面、出国机会、项目经费、五星级招待等,恐怕很多人都打不起精神去凑热闹。

给作家分配利益当然不算坏事。但这等事与文学混搭在一起,毕竟有点怪怪的。华尔街很有钱,海湾石油国家也很有钱,历

214

代朝廷和豪门贵族都不差钱……在那里办一两个作协就定能推出惊世之作？好吧，即使官家干部们都忍得住，不搞权钱交易、权色交易、人情交易什么的，而且见什么人都微笑都握手都嘘寒问暖亲如一家——问题是：这世界什么时候用利益砸出过文学？好比一个又丑又恶的渣女郎，哪怕嫁妆再多，全身披金戴玉，能用钱砸出她的爱情？

很可能，砸来的都是些混混。比如拿十万元扶助一长篇小说项目，这事不能说是出于坏心，但肯定是一种培养混混和团结混混的有效机制——写小说（除非是残障或特困作家），竟要靠官费来出版和宣传，这种小说还用得着写？

这种官费护驾的温室小说印出来又有何用？

可惜我当时也看不到这一点，没法在复信中对他有所建言。

十七

刘再复，1999 年 11 月 9 日来信称：

今年能在洛矶山下见到您，实在难得。您走后，我重读了《马桥词典》，更深信这是一部杰作。今年 6 月《亚洲周刊》评选"20 世纪小说一百强"（我也是评委），《马桥词典》被排在第二十二部，属优秀者的前列。

谢谢你回国后还关心我，实实在在地向上"进言"。不管

215

他们有没有反应，您的努力使我感到故国仍有心灵的跳动。也谢谢你和子丹发了《独语天涯》的自序部分。有你们和其他朋友开个头，以后的路子会越走越宽。我们的读者毕竟在国内，大陆读者的热情在海外是看不到的。

刘再复是资深评论家。其文章单篇来看不觉奇，全部合起来看方觉厚；不像有些人单篇来看都觉妙，全部合起来看便嫌窄。这当然取决于作者性格禀赋：有的人以爆发力见长，有的人以耐久力为本，如此等等，分别适合不同的读者或不同的读法。

他的包容度也大，是一个思想多面体，能普惠文学界的左中右和上中下（当然也就不会漏下拙作《马桥词典》）。只是前不久他先后对两位国外同行（夏志清和顾彬）发出厉声，让我有点意外，似有一些新的思考信号值得琢磨。

他信中提到的相见，是我1999年到美国科罗拉多拜访他，还有他的邻居李泽厚。主妇菲亚的厨艺实在太好，吃得我和朋友都不想走，几天下来也对自己的体重忧心忡忡。当时我是天涯杂志社社长，同主编蒋子丹一道，做过一些文化领域破冰解冻之事，比如发表李泽厚、刘再复、北岛、杨炼、严力、多多等海外人士的作品——这些敏感名字曾让很多同行捏了一把汗。其实，干这事并不需要多少勇气，只需要一点对大局的主见，对稿件诚实的理解和辨识。至于争取"官方"体制内某些积极力量的支持，比如必要时直接联系驻外使馆的文化官员——他们往往比国内新闻出版管理部门更了解海外情况,也更热心于重启内外交流——则是减少阻力和风险的小办法。

事实上,后来这些作家都走出了政治屏蔽,陆续重现于内地书架、讲坛、媒体版面,果然是路子"越走越宽",足以证明我们此前"开个头"完全必要。邓小平在"六四"政治风波后说过"欢迎他们回来",算是有了部分的落实。

十八

于光远,2003 年 12 月 27 日来信称:

在我的电脑里还储存了许多半成品。一是 2003 年 7 月在我的网站上开设"于光远百科讲座",这个讲座将延续三年,经整理成书后,规模将达好几十万字。在我的电脑里还储存像《老年于光远》这本书的开头的几万字,至于可集结的文章,当然还有许多。

我已经八十八岁半了,不能不考虑收摊子性质的工作。我的秘书胡翼燕正帮助我编辑,准备出版我的文存,争取2005 年我九十岁时出齐几百万字的上集。

总之我换笔之后"生产力"大大提高,我的"四种消费品'理论'"在一定程度上,可以说是我的亲身体会。

我的工作,总的来说:一面在收摊子,一面又在铺摊子,

217

而铺出来的摊子,又要收。我有两个心思,一是赶快,二是"我要……"

我不在经济学圈,不大了解于光远的理论工作,没法予以价值评估。因此这封信一如冬天海岛上我和他的林中聊天,于我最大的意义是励志:

想想看,"八十八岁半"了;

还在"换笔";

还在"铺摊子";

还在"赶快"和"我要"及"许多半成品";

…………

每想到此,就深感自己堕落得不像话。自己的午睡以及盆景、魔方、电视遥控器等都太可耻啦。

十九

王鼎钧,2009年11月3日来信称:

不意有海南之会,得以深结文缘。弟在台湾成长,两岸在通邮通商之前已先通文,大作沿各种管道输入,同文捧读,赞佩创意,惊讶出红尘而不染,许为天人,思之犹昨日事也。海南之会,劳师动众,草草远人,何以克当。

先生对文学发展关怀如昔,增助之缘功不唐捐,受惠者已岂弟等一二人哉。感恩节将至,谨致贺忱。

如果有青年要学写散文,我总是推荐台湾散文一哥王鼎钧。《那树》《脚印》《活到老,真好》等堪为传世经典,其积学静水深流,其性情山明水秀,其才华排山倒海雷霆万钧,可读得我一再目瞪口呆。

因工作关系,我高兴地结交过不少台湾师友,如陈映真、洛夫、余光中、白先勇、郭枫、席慕蓉、罗门、张大春、黄锦树、林耀德(已故)等,包括给痖弦投过稿,在吴晟家睡过觉,同李昂吵过架。但一年年过去,一直没机会得见王鼎钧。直到那次在海口召开"王鼎钧散文研讨会",我才有机会握住那一只多少令我好奇和忐忑的手——这便是此信的缘起。

信中有一点误会:他想必以为那研讨会是我张罗的,故有"增助之缘""何以克当"等语。其实我只是偶然遇上,成为受邀者之一。我被主办方安排在台上坐了一下,那也是岛上老虎少,猴子坐上台。我并未办过什么实事。

我居然无法及时澄清这一误会,原因是我当时离开海南省作协已十年,王鼎钧来信试投那里,不幸被夹入一些杂乱报刊,一压就是两年多,直到最后才被某编辑偶然发现。不知哪位集邮爱好者擅铰邮票,把信封上的地址也铰去了一截。

没办法,我只知道他仍居住美国。

但愿他一切安好。

二十

一位化名为"那人"的匿名者,1992年3月4日来信称:

准确地说,我现在还不是一个人,而是一个消息,这消息尚在路上走着,今日尚未到来。现在能与你对话,是出于我的梦呓。我上一封信给你谈到的《我与你》,兄看了一遍没有。布伯是个一流哲人。布伯和尼采是我最喜欢的两个哲人,高在黑格尔三千英尺以上。

我总感觉我信封上的地址不太准确。所以我请你接信后给我寄一张印有你通信地址的名片,但千万不要回信。我不希望读到你的回信,以后也不想。我喜欢在冥冥之中以整个生命与你相遇,与你对话,但这一切都是无待的。

我喜欢这种单向的通信。

那件事

那件事是他一个人独自想到的
那件事他难以启齿
那件事他无法告人
那件事永远是他一个人的秘密

但那件事他到今天还没有做

那件事他想了很久很久了
他想起了干那件事的许多种途径
他千百次悄悄地预谋干那件事
有时他感到那件事的赌注很大
甚至像他的生命一样巨大
有时他又感到那件事其实很容易干成
干那件事天天都是机会
有时他想也许那件事干了也就算了
也没有什么了不起
有时他又预想到干那件事
可能会出身(?)一万个结果
像一万条陌生的路
令他全身激动

多少年过去了
为了生存
他又干了许许多多的事
但不知为什么

他始终没有干那件事

但不知为什么

他又总忘不了那件事

干那件事的想法和他的生命一样活着

那件事他想了很久了

以至于他常常产生

已经做过了的错觉

那件事似乎已是某种存在

在这个茫茫宇宙的亿万个枝条上

他像爬行在某一枝的小毛毛虫

他疲惫了

他睡去

他又梦到那件事

这封信摆在最后，当然是因为它有点特殊：没有署名，也拒绝回信。

写信者只是"一个消息"，一种透明的随风飘去。从信封邮戳来看，他发信于"海南""府城"，也就是我家所在的地区，近在我身边。那么在当时，在后来，在今后，他可能是快递公司的某个小伙，可能是银行柜台那边的某个小妹，可能是刚刚离开我家的水电工，可能就是与我对桌办公已经多年并经常咳嗽和叹气的老同

222

事……他当然也可能在千山万水之外，就像他说的，一直"在路上走着"。

他(她)是不论在哪里都投来目光的两只眼睛——从那时起，我再也无法逃离这样的暗中盯梢了。

他(她)要干哪样的"那件事"？在这个世界上，难道不是所有的人都有一件说不清但又忘不了的"那件事"？

因为"那件事"，日子变成了生活。

因为"那件事"，生活变成了生命。

因为"那件事"，再多的"这件事"破碎了也不要紧，都不会是输光。在这个意义上，也许"那件事"从一开始就不必成为"这件事"。

好了，每个人都有遗憾，都有不舍和挣扎，都有不为人知的轰轰烈烈。"那件事"使都市或乡村的人，过去或未来的人，所有的迎面而来者于我都似曾相识。什么时候，他们都可能偷偷凑过来说一句："布伯和尼采同志可还好？"

2015 年 3 月

"小说家的散文"丛书

《出入山河》　　　　　　李　锐　著

《青梅》　　　　　　　　蒋　韵　著

《写给北中原的情书》　　李佩甫　著

《星斗其文，赤子其人》　汪曾祺　著

《熟悉的陌生人》　　　　李　洱　著

《一唱三叹》　　　　　　葛水平　著

《泡沫集》　　　　　　　张　欣　著

《写给母亲》　　　　　　贾平凹　著

《无论那是盛宴还是残局》弋　舟　著

《已过万重山》　　　　　周瑄璞　著

《众生》　　　　　　　　金仁顺　著

《如果爱，如果不爱》　　阿　袁　著

《故事与事故》　　　　　蒋子龙　著

《回头我就变了一根浮木》潘国灵　著

（以出版时间先后排序）

图书在版编目（CIP）数据

为语言招魂：韩少功序跋选编/韩少功著. —郑州：河南文
艺出版社,2015.9（2021.5 重印）
（小说家的散文）
ISBN 978-7-5559-0273-7

Ⅰ.①为…　Ⅱ.①韩…　Ⅲ.①散文集-中国-当代　Ⅳ.①
I267

中国版本图书馆 CIP 数据核字（2015）第 119704 号

选题策划　　陈　静
责任编辑　　陈　静
书籍设计　　刘运来
责任校对　　陈　炜
责任印制　　陈少强

出版发行　　河南文艺出版社
本社地址　　郑州市郑东新区祥盛街 27 号 C 座 5 楼
承印单位　　河南瑞之光印刷股份有限公司
经销单位　　新华书店
纸张规格　　787 毫米×1092 毫米　1/32
印　　张　　7.5
字　　数　　136 000
版　　次　　2015 年 9 月第 1 版
印　　次　　2021 年 5 月第 2 次印刷
定　　价　　45.00 元